中国文学名家散文精选丛书

垂杨风影

张期鹏　著

江西高校出版社
JIANGXI UNIVERSITIES AND COLLEGES PRESS

南昌

图书在版编目（CIP）数据

垂杨风影 / 张期鹏著 . -- 南昌：江西高校出版社，2025.6. --（中国文学名家散文精选丛书）. -- ISBN 978-7-5762-5646-8

Ⅰ . I267

中国国家版本馆 CIP 数据核字第 20249NG646 号

责 任 编 辑　熊　海
装 帧 设 计　夏梓郡

出 版 发 行　江西高校出版社
社　　　　址　江西省南昌市新建区工业二路 508 号
邮 政 编 码　330100
总 编 室 电 话　0791-88504319
销 售 电 话　0791-88505090
网　　　　址　www.juacp.com
印　　　　刷　鸿鹄（唐山）印务有限公司
经　　　　销　全国新华书店
开　　　　本　650 mm×920 mm　1/16
印　　　　张　13
字　　　　数　160 千字
版　　　　次　2025 年 6 月第 1 版
印　　　　次　2025 年 6 月第 1 次印刷
书　　　　号　ISBN 978-7-5762-5646-8
定　　　　价　58.00 元

赣版权登字 -07-2024-1072

目 录
CONTENTS

第一辑

腊月里出生的人，对雪大概都有一种特殊的感情。

我奶奶常说，我出生的前一天晚上，下了一夜大雪，这个吉兆给一家人带来了无限喜气。长大一点学着作文，每写到雪，总爱引用那句谚语："今冬盖上三层被，来年枕着馒头睡。"因为大雪昭示着丰收和吉祥。

元旦刚过，节日的欢欣还没有从人们脸上消失，今冬的第三场大雪又不期而至了。从早晨到黄昏，又从黄昏到翌日，雪如飞花，飘洒不已。

大雪在召唤着人们，召唤着一颗颗年轻的心。草草吃过中午饭，我们就奔向原野，扑进了大自然的怀抱。

站在辽阔的原野上，心胸也一下子开阔起来。遥望横卧雪下的远山，仿佛要融化到那一片莽莽苍苍的雪野尽头，只剩下一抹淡淡如烟的青灰；身边的桃林，玉砌粉妆，简直就像仙境中的玉树琼枝。只是凛冽的寒风不容人陶醉，强劲的西北风飞扬着细碎的雪粒迎面扑来，打得人脸颊生疼，但置身雪原，临风而立，严冬的酷烈反更使人挺直了腰板，满怀豪情地迎接大自然的挑战。"梅须逊雪三分白，雪却输梅一段香""梅花欢喜漫天雪，冻死苍蝇未足奇"。只可惜身边是桃林而非梅园，默念着这饶有情味的诗句，我的眼前仿佛浮现出了一幅动人的"雪梅图"，似乎在西风中感受到了一股融融的春意。

回到家中，围炉而坐。随手翻开一本《白氏长庆集》，映入眼帘的恰是那首脍炙人口的《问刘十九》：

绿蚁新醅酒，红泥小火炉。
晚来天欲雪，能饮一杯无？

围炉夜坐，把酒高谈，这是多么富有诗意的生活情趣。飞雪，不仅给寂寞的冬天带来了缤纷的色彩，创造了壮阔的境界；风雪故人来，更给人以心灵的温暖和慰藉。

我沉浸到白居易描绘的境界之中了。

1989 年腊月二十五，冬夜

童年的回忆

儿时的玩伴，如今都已经到了四十左右的年龄了。前些日子回老家，见到几个小时候的同学和朋友，那满脸的风霜已经遮盖了往日天真的笑容。大家都很拘谨、陌生，似乎有话要说，又似乎实在没有什么可以交流的。只在几句简短的寒暄之后，就都默不作声了。

我的心里渗透着丝丝凉意。因为生活经历的不同，每个人身上都已经裹了厚厚的茧，大家都把心封闭在一个狭小的空间里，独自品味自己的喜怒哀乐，已经没有多少共同的心声。但回忆那个尽管贫乏却并不苍白的童年，给人留下了多少美好的影像啊。

我的家乡曾经是一个碧水环绕的美丽村庄。村中间是一条南北穿村而过的小河，在村北的一片洼地里，是大片的藕池和稻田，小河就从这金黄的稻浪和映日的荷花旁边缓缓流过；村东边也是一条小河，河水同样清澈见底，沙石游鱼历历可见。最大的村南的南河，有几十米宽的河床，有两岸几米、上百米的沿河林带，那是我们童年的乐园。春天，我们在河岸上割青草、挖野菜。夏天，我们在河中戏水，在岸上寻蝉蜕、粘知了、挖知了猴。知了和知了猴拿回家用开水一烫，再放在盐罐子里腌上一两天，用油一炸，不仅是爷爷下酒的菜肴，也是我们最好的美味。秋天，河岸上高大的乔木遮天蔽日，浓密的灌木蓬蓬勃勃，野草如锦，红的、白的、黄的、紫的野花点缀其间，彩蝶飞舞，鸟鸣清脆，是南河最美的季节。特别是在经过夏日暴雨之后变得日渐清澈的河面上，有撒网捕鱼的，有用鱼叉叉鱼的，似乎每一网、每一叉都有收获。站在哗哗流过的河水里，不时有鱼儿碰你的腿；站在细软湿润的沙滩上，会看到一群鱼游过去了，又一群鱼游过去了。冬天到了，南河成了一个冰雪的世界，我们在河床上溜冰，或者坐着"爬犁"在冰面上潇洒地飞驰。看，他滑倒了，重重地摔在冰面上；他们俩摔在一起了，"爬犁"从屁股底下飞出去老远。因为穿着厚厚的棉衣，不仅摔不疼，而且还在冰面上摔出了一阵阵清脆的笑声……

那个时候，大家是多么亲密、多么关爱、多么无拘无束啊。放学了，放假了，谁到谁家招呼一声，就如一群小鸟一般出了门。农村里，大多是聚族而居的，三五个人当中，既有爷爷辈的，也有孙子辈的，但谁叫谁都直呼乳名，没有人会顾忌孔夫子所说的"君君、臣臣、父父、子子"。那是一种纯洁的兄弟姊妹般的浓情蜜意，谁和谁一两天不见，都好像心里缺了点什么似的。

也有吵架的时候，小伙伴们忽然之间就为一点鸡毛蒜皮的小事吵嘴了、动手了。有时候"孙子"撕破了"爷爷"的衣服，有时候"爷爷"扭红了"孙子"的耳朵，"孙子"和"爷爷"都大哭着跑回家里去了。但是，原想搬出爷爷奶奶、父亲母亲来做救兵的孩子，并没有因为自己的衣服破了或者耳朵红了，就能换取大人们的同情。大人们脾气好一点的，张口就是一顿劈头盖脸的训斥；脾气暴躁的，随手拿起笤帚疙瘩或者擀面杖，对着自己的孩子就是一阵穷追猛打。第二天一大早，两个"战场上"的对手在门口见面了，想起昨天的事情，都不好意思地一笑，挽着手臂上学去了。

童心就是这样可爱，它有时莽撞，但永远纯净。在小伙伴们之间，没有谁会在心里记下仇恨、留下阴影的。

但儿时的伙伴现在都已经到了四十左右的年纪了。三四十年的时间过去，我们美丽的家乡也找不到从前的影子了。村子中间和村东的两条小河，都已垒成石砌的河岸，但发霉的河水上覆盖着成片的垃圾，已经看不到一点清澈的样子。南河，这童年的摇篮，树木差不多砍伐殆尽，河面也因为上游的层层拦截变成了窄窄的一道。即使是那一道细流，也因为污染变成了酱黑色，河堤、河床都因采沙而千疮百孔、破败不堪。

这些年，农村里的日子是好了许多，但生活环境里却再也没有了青山绿水；这些年，幼时的伙伴在一天一天成熟，但纯净的童心却已随那昔日的河水流淌得无影无踪了。

它到底流到了哪里？是最终汇入东去的黄河流向了大海吗？我凝目东望，遥想那东海无尽的汪洋，真想变成一滴海水，在波涛中找寻童年的梦影。

2006 年，中秋夜

写给女儿

女儿出生的那年冬天，很冷；大雪小雪一场紧压着一场，至今回忆起来，脑海里还是一片凛冽的洁白。

那天中午，当我踏着细碎的雪粒赶到医院时，临床护理的老太太一脸不满："早进产房半天了，你这才来。"为了给学生上完最后一节课，我没能看着妻子走进产房，也没能听到孩子出生后的第一声哭喊。今天想来，心里仍然怅怅的，有种说不清的滋味。

正在这时，门开了，护士托着一个婴儿走进来。

"六号床"，护士喊，"是个女孩，六斤三两。"

女儿，我的女儿！我慌慌张张地接过来，把女儿放在床上，笨手笨脚地撩开褴褛的一角，啊，多么可爱的一张小脸！眉头很高，嘴巴娇小，两眼闭着，似乎不太高兴看到她的父亲。

我轻轻地在女儿额头上吻了一下，她的眼睛睁开了，很大。我拿出准备好的皮娃娃，一捏，"哇"的一声，随着皮娃娃叫，女儿也发出了稚嫩的哭声，声音是那样响亮，似乎房间的各个角落都发出了富有弹性的回声。

窗外，飞雪如花。我为女儿感到骄傲，她出生在一个多么晶莹的季节！她也一定会有雪一样晶莹的灵魂和刚强的性格。

我轻轻地托起女儿，仿佛托着我的全部希望和整个世界，一种人世间最为纯净的亲情溢满了胸怀。

1991 年，初春

"奶奶，您现在真的快成哈佛大学毕业的了！"刚从美国暑期学习交流回来的女儿，看到奶奶写的字，惊奇地大喊。

"就算是吧。哈哈……"在母亲的房间里，祖孙俩一阵又一阵地"哈哈"大笑，小小的家庭里充满了欢乐。

母亲识字了。这在我们生活的这个世界上，在芸芸众生之中，也许只是一件微不足道的小事，但在我们这个家庭里，却是一个了不起的壮举。因为母亲已经六十五岁了，因为六十五岁的母亲从来没有进过一天学堂。在这之前，她甚至连自己的名字都不会写！

母亲是因为养病，才从莱芜乡下来到济南的，要不，她是绝对不会给我们添什么"麻烦"的。一个六十五岁的老人，在农村里劳作了大半辈子，身体已经严重透支，精神也已大不如前。尤其是因为得了比较严重的抑郁症，她对一切都感到厌倦，整天愁眉苦脸、唉声叹气。半年多来，经过妻子四处为她寻医问药，想方设法让她安心静养，她的情绪才慢慢平静下来，身体也才一天一天地好起来了。但在乡下生活惯了的母亲，病稍一好就待不下去了，天天想着要回老家。医生反复告诫我们，她的身体和精神都需要较长时间的恢复，回老家是不行的。

怎么办呢？怎么才能给她找点事做，留住她呢？有一天我突发奇想，对母亲说："我教你识字吧？"她一听，又是摇头又是摆手，连连说："不行不行，我哪里会写字呢？我就会纳个鞋底、做个鞋垫，拿不住笔。"我说："你肯定能行，那么细小的针你都拿得好好的，这么粗的钢笔还能拿不住吗？咱就先从你的名字学起吧。"就这样，在母亲一连串的"不行、不行"之中，我硬是把她拉到了书桌前，开始了她六十五年来的第一次"学生"生活。

令人意想不到的是，没有几天她竟迷上了识字。因为还没学几天，她就认识了我父亲的名字，认识了我的名字，认识了我们居住的城市济南、我的家乡莱芜和我们村庄的名字，认识了"花、草、树、木、鸡、狗、鹅、鸭"，她的脸上开始洋溢着喜气了。母亲是多么聪慧啊，她65年不识字，只是因为没有机会上学啊。

我们从最古老的象形文字学起，"日、月、山、水"，她惊奇地发现中国最早的文字原来就是一幅幅生动的图画；我们从常见的用品学起，"桌子、椅子、冰箱、电视"，我在这些家具、电器上贴上了用毛笔写的小纸片，她每天都来回地去认、去写；我们从她熟悉的人名、地名学起，"毛泽东、邓小平、北京、上海、济南、莱芜"，她那高兴的样子，就像真的到过那个地方、见到了那个人一样……几个月时间下来，她由常用的汉字而能认识常用的词汇了，又由常用的词汇而能看懂简单的句段了；一些笔画较少的字词，她甚至能够默写了。这是一个多么大的进步啊。

有段时间，我发现原本不爱看电视的母亲忽然经常坐在电视机前了。我问她为什么喜欢看电视了，她说原来光听电视里的人说话，听不太清楚，现在看着字幕，知道他们大概在说些什么了。最有意思的是有一次回莱芜，在我弟弟家吃饭，母亲忽然指着中央电视台新闻联播的播音员说："李修平、张宏民。"全家人都吃惊地愣在那里。只是听说奶奶学识字了，但还没见过奶奶认字的小侄女张大了嘴巴问道："你是怎么知道的？"母亲指着电视屏幕说："刚才电视上不是出了他们的名字吗？"全家人都大笑起来，小侄女搂着奶奶的脖子说："奶奶，你真了不起！"

母亲是"真了不起"了。因为识字了，她的世界开始变得广阔了。现在，我再陪她从济南回莱芜的时候，原来走到哪里都是一脸茫然的母亲，从路边的路牌上就清楚地知道"到旅游路了""到奥体中心了""到章丘了""到雪野湖了""到莱芜北了"……那么多陌生的地方，在她眼里一下子变得熟悉和亲切起来了。原来在厨房里做饭，新买来的酱油、香油、醋，她都得闻闻才能分辨出来，现在，她已经可以很轻松地念出小磨香油、味极鲜酱油以及什么陈醋、香醋、米醋来了。不但如此，原来的洗涤用品她常常混着用，现在她看看标签就知道哪是洗手液、哪是洁厕精、哪是餐具净了。我想起小时候，母亲曾把刷门窗用的桐油当成菜籽油炒了菜、烙了油饼，结果我们一家六口人食物中毒，在医院住了很长时间。我把这件往事说给她听，她说："是啊是啊，差点要了全家人的命啊！不识字就是不行啊！"

现在，不只是这样的生活小事，识了字的母亲关心的事情越来越多了，什么上海举办世博了，智利的铜矿出事了……她都知道。有天晚上我回家，她正在沙发上看什么东西，忽然问我："你们单位今年正在搞什么基层建设吧？"我惊奇地说："对呀，你是怎么知道的？"她说："这不是你们局长的讲话吗？还说要搞三年呢。"原来，她在看我带回去的一些会议材料呢。看着母亲那副认真的样子，我禁不住大笑起来。可爱的母亲啊，您竟关心起我们单位的事情来了！顿时，我也明白了一个道理，为什么仓颉造字的时候会天惊地动，为什么所谓的"愚民"政策就是要剥夺老百姓受教育的权利，因为文字为人们提供了认识世界的工具，开启了人们的心智，打开了人们的心灵。

母亲识字了，她的精神世界开始变得丰富，她的生活开始变得越来越有情趣了。国庆节我们全家陪她去逛大明湖，在刻着"大明湖"三个字的石碑前，她戴上老花镜看了一番后说："一个太阳、一个月亮，就是光明的'明'；这个'湖'，去了三点水就是姓胡的'胡'，把三点水换成'米'就是糊涂的'糊'了。"以前，她哪里会这样一板一眼地分析和研究呢？

从大明湖回来，我们经过芙蓉街，在熙熙攘攘的人群中忽然不见了母亲。我返回头去找，原来她正一家一家地认那些店铺的招牌呢，还不时地把老花镜往上推一推，真像一个有学问的老教授啊。我催促她快点走，她一边说"不着急"，一边还拉住我认了几个招牌上不认识的字，这才恋恋不舍地向前挪步了。

因为识字了，她的眼界宽了，胸怀大了，抑郁和烦恼少了，快乐和渴望多了，她的许多想法都在改变。原来在病中十分厌世的母亲，现在经常说的一句话就是："一切都太好了，真是活不够啊！"

这些天来，我常常想起《论语·里仁》中的一句话："父母之年，不可不知也，一则以喜，一则以忧。"他告诫人们要时刻记着父母的年龄，一方面为他们的长寿而高兴，另一方面也要为他们的年迈而担忧，从而更加尽心尽力地照料他们。我同时在想，在今天这样一个物质已经比较丰富的时代，我们应该这样孝敬父母呢？很显然，我们除了关心他们的物质生活之外，还应该关心他们的精神生活，后者甚至比前者还要重要。

想想这些，我从内心里感到振奋和满足，因为母亲养育了我的生命，我在几乎无以回报的时候，不经意间用一种特殊的方式给她打开了一个全新的世界。

因为，母亲识字了。

2010 年 10 月 1 日

1

前段时间回老家，正值农历四月初，槐花开得正盛。那两棵槐树，生长在老家的大门外，不知已经有多少年。在我幼小的时候，它们曾经那样茁壮；将近四十年过去，浑身都透出苍老的感觉了。看着它们，我不由得想起了那两句古诗："树犹如此，人何以堪？"

走进老家那个久无人住、已经破败的院落，三间老屋，在半落的夕阳下，似乎有些摇摇欲坠。屋顶的瓦楞间长出了青草，从前白石灰抹的墙皮已经大半脱落，门窗的油漆也已经辨不出是什么颜色了。屋门上落了锁，锈迹斑斑。透过模糊的门窗玻璃望进去，里面黑乎乎的，屋顶报纸糊的天棚塌下来了一边，上面布满了浓黑的灰尘。我不忍心看下去，因为眼泪已经让我的心感到了沧海桑田的变化，并因此揪得发疼。

这三间老屋显得宽敞明亮的时候，是奶奶还健在的年月。那时候，墙壁永远是洁净的；屋子当中的方桌，方桌两旁的靠背椅，都摆放得那么整齐，桌面上也一尘不染。正冲门的墙上，挂着毛主席的画像，面带微笑注视着眼前的一切。左边是几张发黄的奖状，那是爷爷被生产队评为劳动模范时颁发的，还盖了红色的印章。这些20世纪70年代的东西，就这样年复一年地挂在墙上，十年、二十几年不动样，因为这是一个家族老辈人最为辉煌的荣耀。

爷爷是个军人，从莱芜战役的炮火中走进革命队伍，从一个解放军战士到一个志愿军战士，经历了八九年出生入死的炮火洗礼。如今，那段历史早已被封存在一个小小的铁盒子里，里面那几枚侥幸留存到今天的军功章也已经非常陈旧，让人感到历史的遥远和苍凉。右边是孩子们的领地，小时候，我每年的"三好学生"奖状都整齐有序地贴在这面墙上，那是奶奶最值得炫耀的事情。奶奶虽然识字不多，但她却深知学习的重要。在20世纪五六十年代那样艰苦的岁月里，她硬是咬着牙供姑姑和父亲上完了高中。姐弟俩虽然没考上大学，但因为是农村里非常稀罕的高中生的缘故，毕业后都做了民办教师。后来，又都转成了"公办"。正是因为有了爷爷、奶奶的努力，才使我们这个祖辈多少代都跟土坷垃打交道的人家，把手中的锄把子变成了笔杆子。这在中国农村，实在是命运的巨大变迁。

奶奶离开这个世界将近十年了。自她离开以后，这三间老屋就失去了原有的明亮和温暖。年迈的爷爷几乎不经意间就让原来的洁净和整齐变得无影无踪。他也因为上了年纪，不久也离开了这里，和我父母住到了一起。这三间老屋，仿佛是学生已经念完的一册书，开始还算用心地放在书架的一角，但时间一长，就被大家淡忘，慢慢卷角、掉页、变黄，最后被封存到了某个角落中。世事变化是如此迅速，但无论我们过上了怎样的生活，却无法忘掉这些陈年旧事。有时候，真想再重新回到那个岁月，哪怕只是短短几天，甚至一天、半天，也一定会感觉到无限温暖。

夕阳落山了，春风中渗透着丝丝凉意。在夕阳的余晖里，满树的槐花依然烂漫、依然散发着清香，但在这个空荡荡的小院子里，是一种让人感到压抑的沉静。再看一眼老屋，看一眼老槐树，看一眼那即将散尽的晚霞，似乎都有一点奶奶的影子。人，是已经走了好多好多年了，但她的气息似乎依然弥漫在这里。

当我向爷爷说起这些事情的时候，他似乎一点也没有听到，浑浊的眼睛里没有一点反应。爷爷老了，对世间过去和现在的一切似乎都没有什么感觉了。他真的老了！

但在那天晚上，我做了一个梦，梦见爷爷的眼睛里似乎闪过了一道光亮，眼角流出了两行热泪。醒来时，我发现这两行泪水正滚落在我的脸颊上，好像冰凉冰凉的，又好像火热火热的……

2006 年 5 月 29 日

2

2006 年 5 月，我在青岛写下这篇文章的时候，爷爷还健在，但一个多月后的 7 月 10 日，他就突发疾病离开了这个人世。

家乡的老屋最终送走了缔造他们的爷爷和奶奶，真的成了一个过去时代的象征。爷爷、奶奶已经不可能再生活在我的世界里，但会永远活在我的心中，时时走进我的梦里。

2006 年 10 月 15 日

3

今天晚上，当我再重新修订这篇文章时，依然感慨万千，因为在前年，老家搞新农村建设，集中拆除了一些老房子，在村东建设了张家洼新村，"家乡的老屋"连同那些老槐树，在很短的时间里就完全消失了。现在，那里已经成了一块菜地。

　　春节期间，我又去看了一眼，原来的旧物只剩下了一眼水井。但我觉得，爷爷、奶奶的魂还在那里。我也只有在那里，才能真切地感受到他们的气息。

2011 年 3 月 6 日

母亲的乡愁

　　因为年纪大了，又兼身体不好，母亲来到我所工作的这座城市已经三四年了。但她好像一直都没有适应这里的环境，还是固执地遵循着原来的生活节奏。

　　一天早上，我刚要出门上班，她忽然自言自语地说："今天又是大集了，等会儿我要去赶赶集。"我有些奇怪地看着她，大年刚过，家里的年货还没吃完，怎么就要急着去赶集呢？母亲大概看出了我的疑问，说："今天是正月十三，八里洼大集。这里也是逢三、逢八大集，和咱老家的东关集一个样。"我问她："您有什么东西要买吗？"她说："没有啊，我就是想去玩玩。"

　　"我就是想去玩玩。"母亲的这句话深深地触动了我，使我想起了农村里常说的"赶集上山，早晚一天"，实际上可能并用不了一天，"赶集上山"，大概总有一点娱乐的成分吧。而一个人的生活习惯一旦形成，那就是很难改变的了。

　　我所居住的这个小区周围，原来是个城乡接合部。虽然旧村改造十余年了，这里的楼房、马路、饭店、超市一应俱全，已经看不出一点农村的痕迹，但当地很多人还是喜欢赶集。母亲说的那个"八里洼大集"，原来就摆在八里洼村的街头。后来村庄变成了楼群，小街变成了马路，农民变成了"市民"，为了整治城市环境，这个集市就被有关部门一会儿赶到这条路上、一会儿又赶到那条路上，必欲除之而后快。但最终还是民意难违，顽强地保留下来了。

以前，我也曾为这个集市的去留纠结，因为它的确脏乱、嘈杂，但它的便利又是显而易见的。那天，母亲不经意的一句话，让我意识到，这个集市之所以让人留恋，除了便利之外，恐怕还因为它是许多人怀旧的一个寄托吧？他们从四面八方来到这里，逛逛聊聊，乐此不疲，谁说不是要来体会一种乡情、寻找一种记忆呢？

这件小事使我陷入了沉思。看着母亲那花白的头发和日渐苍老的面容，我慢慢地体会到，她虽然已经没有更大的力量迎接生活中的风雨和挑战，但这并不意味着她已向生活屈服，她一直都在用自己的方式，顽强地与现代城市生活抗争。且看她在春节期间的各种纷繁复杂的安排吧，一切都那么按部就班、牢不可破。一过"腊八"，她就进入了忙年的状态。腊月二十三之前好几天，她就打电话给我在家乡的弟弟，一遍又一遍地叮嘱要去请灶君、买糖瓜、置办供品，叮嘱千万别忘了送灶王爷回天庭，千万别忘了念叨"上天言好事，下界保平安"，千万别忘了感谢灶王爷一年来对我们全家的护佑。从此之后，她的吩咐就越来越多，也越来越具体，一会儿要弟弟回家扫房子，一会儿要弟弟找人蒸馒头、出豆腐，一会儿要弟弟回家贴春联，一会儿要弟弟去置办这样那样的年货，弟弟说简直忙得"脚不沾地"了。腊月三十傍晚我陪母亲一回老家，她就把这一切全都接下手来，然后从"熬五更"开始，一直忙到初七下午跟我回来。整整七天，母亲一天到晚冒着寒风进进出出，严格按照传统习俗敬天地、敬神灵、敬祖先，她精神健旺、一丝不苟，看不出一点衰病的样子。这是一种多大的精神力量啊！

我在当时也有很多不解，甚至与她争吵。现在想想，这些看起来似乎很乏味，甚至有点愚昧的举动背后，蕴含着许多可贵的东西！敬畏天地神灵，崇仰祖宗先辈，为生活祷告，为子孙祈福，为明天幻想，不也是一种值得赞美的精神境界吗？母亲有母亲的生活习惯和思维方式，这是她应有的权利啊，我们任何人都不能剥夺。

母亲在这座城市里待了三四年，不仅生活习惯没有多大改变，就连时间观念也没有多大改变。她还是用农历计算时日，对我们日常使用的公历漠不关心。八里洼一带大大小小的集日，寒食、清明、端午、中秋，立春、夏至、立秋、冬至，玉皇大帝的生日正月初九、土地爷爷的生日二月初二、王母娘娘的生日三月初三、泰山奶奶的生日三月十五、灶王爷的生日八月初三，她都记得一清二楚。当然，她记得最清楚的还是我已经故去的高祖父、高祖母，曾祖父、曾祖母，祖父、祖母，以及父亲的没有留下子嗣的二伯父、二伯母的忌日。他们的忌日从正月初九一直到八月十二，分散在六七个月份中，她都记得毫厘不差。每当快到这些日子的时候，她总是一遍又一遍地提醒我弟弟，不要忘了去上坟烧纸。我总是奇怪，母亲从来没有看日历的习惯，而且我们平常居家过日子也很少用到农历，她何以能把这些日子一一记在心里呢？我们或许只能这样解释，这种记忆已经像刀刻在她的脑子里一样，永远不会磨灭了。

想到这里，我不禁有些可怜起我的母亲来了。因为母亲随我居住在这座常年遭受雾霾侵袭的城市里，平时只能到城市一隅的集市上去找寻她的乡村记忆了。其实，就是回到家乡，她又能找到多少从前的印记呢？几十年的工业化、城镇化进程，已经把村子周围的绿树伐尽，把每一条清澈的河流变成裸露的河床或污浊的水沟。而且，随着前些年兴起的新农村建设，拆除村居，搬迁新楼，老家已经成了城不城、乡不乡的样子。就连那些多年的老树也被移到城里去了。就连那些埋葬我们先祖的坟茔也一迁再迁，已经换了好几个地方。

村庄消失，环境更易，风俗习惯和文化传统却割舍不断，这大概是母亲这一代人所遇到的最大的精神困惑。她坚守着自己的精神领地，却已很难找到自己的精神归宿。这个世界变化太快，我们都无法跟上它的步伐。

有一段时间，我经常看见母亲坐在阳台上，望着东面那被楼房遮蔽的一抹青山，默默地发呆。她是否由那一抹绿色勾起了对故乡的回忆呢？

可是，若干年后，我们又将到哪里找寻故乡的踪迹呢？

2014 年 2 月 25 日，载于 2 月 28 日《中国文化报》、3 月 7 日《大众日报》丰收副刊、4 月 11 日《莱芜日报》鲁中晨刊、4 月 28 日《领导科学报》境界副刊

下雪了

　　天蒙蒙亮，窗帘里刚透出一点熹微的晨光，我在半睡半醒中听到外面有"唰——唰——"的响声。我愣了一愣，立刻明白了，是下雪了，是小区物业的工人在铲雪、扫雪。

　　我推了推睡得迷迷糊糊的妻子，说："下雪了！"她"哦"了一声，没反应。我说："要在二十年前，你早就跑出去看雪了。"她说了句"可能是吧"，又没动静了。

　　其实，二十年前，岂只是妻子呢，我也早就出去看雪了。但是现在，下雪好像变得已经和生活中的柴米油盐一样，引不起我们的任何激动了！在这个寂静的早晨，听着外面"唰——唰——"的铲雪、扫雪声，我不禁一边感叹，一边回忆起了许多往事……

　　下雪了。我想起小时候，这是我们冬天里最快乐的时光。那个时候在农村，冬天是一个孩子最受拘束、最没意思的时候，外面寒风凛冽、万物霜冻，走在路上，脚踩着坚硬的地面，都"铛铛"地响。满眼都是土黄、灰黑，除此之外没有一点别的色彩。也没有蝉鸣，没有鸟叫，没有蝴蝶和蜻蜓飞来飞去，顶多就是一群家雀（也就是麻雀），"轰"的一声来了，又"轰"的一声走了。

我觉得家雀实在是天下最丑陋的一种鸟，它隐藏在枝头叽叽喳喳的时候，总在互相议论着别人的长短；走在地面上，也像鬼子进村一样，东瞅西瞭，缩头缩脑。我不知道人们为什么会给它一个"家雀"的美名，是因为它爱在屋檐下做窝吗？但看它那德行，还不如一个不知廉耻的小混混。哪有一点像燕子一样的"家人"的感觉呢？我觉得，当年把它列入"四害"之一实在完全正确，反正我只见过人们轰家雀、打家雀，从没见过有谁养家雀——哦，也不，也有养过刚从窝里掏出来还没长毛的小家雀的，但没有能养活的。

在这个时候，我们当然最盼望下雪了。下雪了，眼前的世界就一下子改变了，地上白了，屋上白了，碾盘白了，草垛白了，苍黑的树枝白了，树上那几片没有飘落下来的树叶也白了，一切全白了！大雪在召唤着孩子们，孩子们全都蹦蹦跳跳地跑出来了。呵，大人们呢？大人们也跟着出来了。农家的小院里热闹了，窄窄的街道上热闹了，宽阔的校园里热闹了，甚至寂寞的田野上也热闹了——村庄里哪留得下那些野性特别大的孩子，他们都跑到飞雪的麦地里去了！院里院外，村里村外，我们兴奋地跳跃着、呼喊着，在雪面上打着滑儿，在雪地上打着滚儿，大人们一边"训斥"着大一点的孩子，一边照顾着那些刚会走的娃娃，他们的脸上也同样洋溢着欢快的笑容。

看，那边打起雪仗来了，七八个孩子，团起地上的雪，使劲地扔出去，雪球就在不远处孩子的身上、头上、胳膊上"炸"开了，冒起一团一团的白雾。"开炮"的孩子大笑着，被击中的孩子也大笑着。

看，那边几个小女孩，正从碾盘上捧雪呢，她们把手中的雪捏成了圆球、捏成了方块、捏成了长条，然后用牙一咬，细细地品尝，像在品尝世间的美味。

　　看，有一个正在傻呵呵地看着孩子们"闹"雪的大叔被孩子们捉弄了。一个半大的黑孩子悄悄地走到他的身后，把一团雪塞到他的脖颈里去了，他惊得一下子跳起来，一边扭着胳膊往外掏，一边追着孩子叫骂，可那孩子早就跑远了。所有的大人孩子都指着他笑，同时还警觉地看看自己的身后有没有这样的"调皮蛋"……

　　我的父亲不大愿意出门，他总是在我家的院子里扫雪，一遍一遍地扫。我说等下完了再扫不就行了，他说不行，他说那样就会踩住扫不起来了，就会打滑，危险。我们不管他，我们都出去玩了。但当我们在外面疯够了回到家的时候，总会看到一个奇迹：院子里，一个雪人出现了！父亲手很巧，他堆的雪人特别可爱，矮矮胖胖，敦敦实实，憨态可掬。而且，父亲好像很懂得我们的心思，他从来不给雪人"安装"上五官，他有意把这项有趣的"工作"留给我们。于是，我和弟弟就"嗷嗷"叫着跑过去了，进行我们的艺术加工：我们用黑豆做成它的眉毛，用炭粒做成它的眼睛，用红辣椒做成它的鼻子，用扁豆做成它的耳朵，再用枝条划出它的嘴巴，把红纸浸湿了，涂红它的上下嘴唇……

　　我们跑进屋里，搓着冻得通红的小手，跺着冻得早已麻木的双脚，隔着窗玻璃看它在雪中朝我们挤眼睛、耸鼻子、咧嘴巴，朝我们傻笑。爷爷奶奶、父亲母亲也笑眯眯地看着我们，看着我们在屋里傻跳。黑乎乎的屋子，借着外面的雪光明亮了，满屋子里充满了无限的欢乐。

　　这个雪人，整个冬天都是我们家庭的一个重要成员。每一次下雪，我们都会给它换一次新装，都会使它变一个模样和身份，最初它是一个调皮的小男孩，后来就变成了一个可爱的小姑娘，再后来又变成了一个慈善的老爷爷，还戴了一顶破草帽……

冬天快要结束了，不下雪了，它还蹲坐在院子里，笑眯眯地；春天来了，小草都快发芽了，它还蹲坐在院子里，但是身上沾了尘土，脸上也看不出什么模样了，我们仍舍不得把它弄走。直到天气已经很暖和了，它已经融化得不成样子了，父亲才把那一团雪用铁锨锄到一个高大的梧桐树下，让它把最后的雪水浇灌了树木。雪人从院子里彻底消失了，但我们一点也不伤心，因为冬天的时候它还会如期而来……

下雪了。小时候我是多么喜欢雪啊！我曾在一篇文章的开头写道："腊月里出生的人，对雪大概都有一种特殊的感情。"我还曾在一篇文章的开头写道："女儿出生的那年冬天，很冷。大雪小雪一场紧压着一场，记忆里全是一片凛冽的洁白。"后来，在雪中，我曾经动情地朗诵过岑参的诗句："北风卷地百草折，胡天八月即飞雪。忽如一夜东风来，千树万树梨花开。"曾经动情地朗诵过毛泽东的诗句："北国风光，千里冰封，万里雪飘。""风雨送春归，飞雪迎春到。已是悬崖百丈冰，犹有花枝俏。""梅花欢喜漫天雪，冻死苍蝇未足奇。"我更欣赏的是鲁迅先生的《雪》：

朔方的雪花在纷飞之后，却永远如粉，如沙，它们绝不粘连，撒在屋上，地上，枯草上，就是这样。屋上的雪是早已就有消化了的，因为屋里居人的火的温热。别的，在晴天之下，旋风忽来，便蓬勃地奋飞，在日光下灿灿地生光，如包藏火焰的大雾，旋转而且升腾，弥漫太空，使太空旋转而且升腾地闪烁。

在无边的旷野上，在凛冽的天宇下，闪闪地旋转升腾着的是雨的精魂……

是的，那是孤独的雪，是死掉的雨，是雨的精魂。

鲁迅就是鲁迅，他以常人所没有的敏感和深邃，在旋转升腾的雪中看到了"火焰"，看到了"雨的精魂"。那是蓬勃奋飞的魂，无畏不屈的魂。它孤独，但永不绝望。

……

但是，这一切都已经是遥远的过去了。我不知道已经多少年没有在雪中伸展过双臂，没有呼吸过那冰冷的、甘洌的空气，没有团过雪球、堆过雪人、品尝过雪花的滋味、朗诵过关于雪的诗文，甚至没有到雪地上走一走了。顶多只是远远地看过雪，看远山被雪覆盖了，灰蒙蒙的；顶多是隔着窗户玻璃看雪花飞舞，看它在窗外树木的枯枝上聚集，看枯枝变成白色，然后融化，又变成枯枝，最后，又在不经意间发出了新芽。我有时也会无端地对雪充满感激，因为我知道，没有它，新春的树叶不会长得这么青绿，窗外的天空也不会这么蓝。但更多的时候我会想，今天又下雪了，上班的路会很难走，这鬼天气！这曾经给我带来无限希望和激动的雪啊，现在更多的时候是让我叹息不已了！

那么，我们的孩子呢？我们的孩子会怎么样呢？

我抓紧起床，裹紧了棉袄到门外去。冷风呼呼地吹着，雪片在风中横冲直撞，打在脸颊上，钻进脖颈里，很凉。前面就有一个孩子，背着一个花花绿绿的小书包，看来是要借周日去上什么课外辅导班。他极力想挣脱妈妈的手，喊着"我要滑雪，我要滑雪"，但妈妈哪里肯放。挣脱、喊叫得急了，我听那个妈妈说："好好听话，快迟到了。抽时间我带你到滑雪场去。"

孩子不闹了，乖乖地跟着妈妈走了。我站在雪中，默默地看着他们远去的背影，两行清泪忍不住地流了下来……

2013 年 1 月 20 日，周日，雪朝

不能等

这几天，心情颇为郁闷，就像今冬的天气，雾霾重重，看不到一点温暖和光亮。

这心情，是因为读到了王安忆的散文集《今夜星光灿烂》，其中的一篇《怀念倪慧玲》，写到了一个她的早逝的朋友。她写她与倪慧玲的相识、相见，她写她为倪慧玲的最后送行，她有些迷惘地写道："心里觉得很怨，又不知怨什么，总是以为事情刚开头，却到了结束。""许多事情都像是发生在眼前，还有一些事情好像刚开了个头，明天还要继续下去。可是，忽然间，再没有明天了。"

"可是，忽然间，再没有明天了。"这句话让我潸然泪下，痛彻心扉。因为，这两天我正在看许燕吉的《我是落花生的女儿》，读她的悲惨遭遇、多舛命运，读她的父亲许地山的死："暑假期间，爸爸总要到新界青山寺院里去住一段时间，安心写他的《道教史》。这次，他回来已几天了。回来的那晚，他冲了个冷水澡，睡觉又受了风，感冒发烧，躺了一天，已经退烧了，还在家里休养着。"但就在这一天，她的妈妈从外出买东西回来，发现爸爸已经面色发紫，躺在床上没有反应了。到医院找来一个护士打针，"针打下去，爸爸长哼一声，就像睡熟一样了"，逝去了。爸爸"晴天霹雳似的一死"，使他们父女阴阳相隔，她也从此成了一个没有父亲的孩子。那一年，她才八岁。而今，就在2014年1月13日，历经磨难的"落花生"的女儿，也走完了她八十一岁的人生，去世了。这一天，恰好是她的生日。

据说，许燕吉常常重复的一句话是："人要做一个有用的人，不管怎样都要做一个有用的人。"这正是她的父亲许地山，在她很小的时候，就竭力倡导的"落花生"精神。据说，她生前已把父亲翻译过的印度小说、相片和手稿都捐献给了中国现代文学馆，并且办理了遗体捐献医学研究的手续。她走得安详，走得从容不迫，她用自己的生命实践了父亲对她的期待。可是，就在这新的一年刚刚开始的时候，我们再也不能看到她更多更新的文字了。

也是在这两天，我还经历了一个小小生命的离去。那是我的一个朋友的女儿，刚刚六岁，突然就发了高烧。市里的医院按感冒治了三天，越来越重，抽搐，呕吐，神志不清，就转到了省里的医院，直接进了重症监护室。孩子从此和父母亲人完全隔绝，父母亲人只能从医生护士口中得到一些零星、片段的消息，开始说："病情很重，正在抢救。"后来说："用上呼吸机了。"然后就再也没有消息了。

第二天早上，就在太阳刚刚升起的时候，苦苦等待了一夜的父母痛楚地盼来了一个晴天霹雳："孩子没了。"一个几天前还活蹦乱跳的孩子，一个父母和爷爷奶奶、姥爷姥姥面前的"开心果"，说没就没了。这一天，是农历2013年的腊月二十二日，明天就是小年，再过八天就是春节，就是一个孩子最盼望、最欢乐的节日。也许，她已经给爷爷奶奶、姥爷姥姥准备好了小礼物，爷爷奶奶、姥爷姥姥也已经给她准备好了压岁钱，他们都在盼着除夕、盼着春节。就差那么几天，孩子没了……

人生就是这样让人无奈和感慨。我想，我们每一个人所遇到的一切皆因有缘，缘分无比美好。可是，所有的相遇都意味着分别，所有的情感都蕴含着苦涩，有一天，缘来缘去缘尽了，"忽然间，再没有明天了"。

这一切，都深深地触痛了我的心。我深深地感到，世间的一切都不能等，一等就会等来永远的悔恨，一等就会等来无尽的遗憾。孝敬父母不能等啊，我们的父母在不知不觉间已经变得苍老，很快就要进入衰朽之年，如果有一天"子欲养而亲不待"，那将是永远都无法弥补的伤痛；教育孩子不能等啊，孩子的个头在长高，心智在完善，品格在养成，教育的一点点松懈和疏忽，都有可能造成其心灵的缺陷；手头的工作不能等啊，不管你在机关还是工厂，或者在其他别的什么地方，所有的工作都像一个老农一样，春种秋收，春华秋实，耽误了一天，就耽误了一季；关爱他人不能等啊，有时候一个微笑，一只援手，一句赞美和鼓励，或者只是一个信任的眼神，都可能改变一个人的心情，甚至会改变一个人的命运；奉献社会不能等啊，我们都是它其中的一分子，它的和谐美好需要我们每一个人的光彩和温度……

"不能等，不能等……"这声音像鼓点一样敲击着我的心，催促我走出雾霾一样的郁闷和悲伤，面向未来，伸开双臂。世界在飘着雪花，阳光在厚厚的云层之外。我不知道明天在何方，但我知道只要坚定地迈开双脚，就会踏上坚实的土地；只要牢牢地把握住今天，就会为明天减少一点遗憾和叹息。

真的，我们一切都不能等哦。因为在很多时候，有很多人、很多事情，忽然间，就再也没有明天了。

2014年1月25日，载于2月21日《大众日报》丰收副刊、5月15日《赢周刊》

山杏

山杏，生长在莱芜一座深深的山坳里。

那座山，是皱皱褶褶的大山，是青石山。不知地质学上的造山运动怎样解释它的成因，在我眼里，它就像一个跨越了万载千年的老人，历尽人间的沧桑巨变，那么静默、那么沉稳、那么庄严地矗立在那里。我相信，所有久远的东西都是有灵性的。

在这座大山的一个小小的皱褶里，有一个小小的山村，顶多二十余户人家。一条青石板铺成的小路从村中穿过，向上望，小路转过了一座青石垒成的房屋折向了大山深处；向下看，它转过了一个低矮的山坡，与村外的羊肠小道相连，曲曲折折地连接着外面的世界。青石板铺成的小路不知在这里匍匐了多少年，也不知有多少双粗重的、轻巧的脚从它的身上走过，反正早已磨得溜光圆滑。那深青色的石板面，似乎可以照出人影。

这是一个古老的村庄，覆盖在青石垒成的房顶上的，也是大片大片薄薄的青石板，颜色黑苍苍的，似乎在告诉人们它久远的历史。这又是一个充满了生机的村庄，因为黑苍苍的青石板上已经长出了青青的春草，因为这座村庄的每一个角落都隐藏在茂密的树林之中——它们大多数才刚刚吐出新芽，那么青翠，那么新鲜，那么有精神，那么有力量。

当然，在这里最引人注目的还是山杏，因为在其他树木才刚刚发芽的时候，它的枝杈上已经长满了含苞欲放的花骨朵了。树枝是苍黑的，从远处看，这样苍黑的树枝似乎早已枯死；但到近处瞧一瞧，那苍黑之中却是那么滋润、油亮，那绿萼、红瓣的花骨朵儿，繁繁点点，密密麻麻，好像一眨眼工夫就会绽开，就会喷发出春天的色彩和青春的亮丽。

一个几乎掉光了牙齿的老太太走出青石垒成的院门，微风吹拂着她的白发，似乎有些颤颤巍巍，但她的脚步却是那么坚实。她见我正在仔细看她家院里那棵高大的杏树，就走到我的面前对我说："这棵树，我的老老奶奶都不知道是哪年哪月栽的，没有人能说清它的年龄。"语气虽有些含混，但透露着无比的自豪。她又指着远远近近的山坡对我说："那些山上，全是杏树。再过十天半月就全开了，一开花啊，那可真叫漂亮！"

哦，原来那漫山遍野全是杏树啊。

太远了，看不清花苞，只是一片茂密的苍黑的森林，那么阔大，那么深远，高低错落，无边无际。待到十天半月之后，杏花开放了，是怎样一种壮观的景色呢？我在迷蒙之中似乎看到，那将是一山的流光溢彩！一阵轻风吹来，花瓣纷纷飘落，飞洒到大地上、岩石间，飞落到溪流中、水面上，满树是花，满山是花，满溪是花，不正是一个花的海洋吗？"黄四娘家花满蹊，千朵万朵压枝低。流连戏蝶时时舞，自在娇莺恰恰啼"，是不是就是这样一种迷人的景色呢？

这是一个花的海洋，让古老的山村焕发着勃勃的生命活力；这是一个花的海洋，连古老的石板路上都沾满了诱人的花香；这是一个花的海洋，村里所有的人都会自豪告诉你"俺是杏花村的"，山外所有的人都会说"我们到杏花村去吧"。"山杏开时雪满川"，这是谁的诗句？写在什么时候？那番景象，不正是眼前这迷人的幻境吗？

多少个岁月过去了，我依然忘不了那次深山之行，只是怎么也想不起来，那是一个什么地方？是在哪一座大山的哪一个皱褶里？而且越想越迷惑，越想越怀疑我是否真的有过一次那样的深山之行。

我至今也没有想明白，那次深山之行是真实的，还是梦中的幻觉。

2008 年 11 月 10 日

第二辑

漫说莱芜

　　据我所知，第一次听到"莱芜"这个地名的人，大多感到有些奇怪。他们常常会很认真地问"莱芜"这两个字的写法，以及这个地名的来历。一般的回答当然就是：公元前 567 年，"齐灵公灭莱，莱民播流此谷，邑落荒芜，故曰莱芜"。这个回答看起来很清晰，"莱"就是被齐灵公灭掉的"莱子国"的简称，"芜"则是因为"莱子国民"国破家亡之后，迁徙到了这样一个十分荒凉的地方，由此给人的印象自然是，莱芜大地不过是一片"荒芜"的山谷。

　　这个说法，最早出现在北魏郦道元的《水经注》中。明代嘉靖年间，经莱芜知县陈甘雨在撰修《莱芜县志》时引用，渐渐地为人熟知。但有些人并不以为然，他们抱着很大的兴趣在史籍中寻寻觅觅，形成了不少看似言之成理的新见解。有人认为，"泰、无、莱、柞并山名也，郡县取目焉"，说莱芜是"因山得名"；有人认为，"先有莱芜谷，后有莱芜县"，说莱芜是"以谷为名"；也有人认为，这个地方曾经是"莱、牟之族萃居之地"，"莱芜"一名应该是由"莱牟"转音而来的。凡此种种，大概都有些道理，但彼此之间又争论不休，说明其中的任何一种说法都是臆测的成分居多。因此，倘若没有更加令人信服的史籍记载发现，"莱芜"一名可能就是一个永远难解的谜了。

在纷纭众说之中，"邑落荒芜"的说法影响最大。这种影响的后果，是使人们很自然地将莱芜和荒凉、荒芜挂上了钩，让我感到很不舒服。因为莱芜城地处曾经浩浩汤汤的汶河之阳，堪称水丰树美，往西更是平畴万顷的大平原，哪有一点荒凉的意味呢？我想，多数人之所以接受这个说法，是因为嘉靖《莱芜县志》的影响，是因为多年来各种官方文本几乎无一例外地采用了这种介绍，当然，也因为这种说法简单明了、通俗易懂，甚至还带有一点故事性和趣味性。

后来读书多了渐渐明白，即使"莱芜"之名果真源于"邑落荒芜"之说，也是与今天的莱芜不相干的。据史籍记载，最早设置莱芜县是在西汉武帝年间，距今已有两千一百多年。但西汉武帝时设置的莱芜县，治所在今天的淄博市淄川区东南一带；而现在的莱芜境域，则大体上属于当时的嬴县和牟县。后来，这三个县都被撤销了。到了唐代武则天长安四年（704），才重新在废置多年的嬴县旧址上（今莱城区苗山镇南文字村一带）恢复了莱芜县，莱芜县治也才第一次真正进入了今天的莱芜境内。到了金大定十二年（1172），莱芜县治又迁到了现在的莱芜城一带，直到今天。

由此我们可以清楚地知道，"莱芜"之名的来历虽然难以确证，但莱芜县治的变迁却是非常清晰的，今天的莱芜与"邑落荒芜"并没有直接的关系。非但如此，这里还应该是一片山清水秀、万木葱茏的宝地。因为在今天的莱芜境内，至少从汉代开始就有了比较发达的冶铁业，《汉书·地理志》关于"嬴有铁官"的记载，说明当时就已经有了专门管理采矿和冶铁的官员；《元和郡县志》所说的"唐代犹鼓铸未休"，则生动地记录了那个时代冶铁业的兴旺和发达；到了五代后周年间，更是在这里设置了主管采矿与冶铁的"莱芜监"；宋代，莱芜监与徐州利国监成为全国两大冶铁中心，金、元、明、清屡兴不衰。直到今天，钢铁产业依然是莱芜最重要的支柱产业。

我对古代冶铁没有什么研究，但我知道，冶铁需要铁矿石、水和燃料。而据有关资料，木炭作为冶铁的主要燃料一直使用到宋代甚至更晚一些，其后煤炭炼铁才逐渐走上了历史舞台。因此，只要我们稍加思考就会明白，莱芜之所以具有如此绵延不绝的采矿、冶炼和铸造史，特别是在汉及唐、宋时期就是闻名于世的冶铁中心，不仅仅因为这个地方有着易于开采的铁矿石，还因为这个地方有着充足的水资源和丰富的林木资源。如果不是这样，莱芜作为一个冶铁中心的形成是根本不可能的。

你想，这样一个地方，怎么会是荒芜、荒凉呢？

2008 年 3 月 21 日

有恃无恐

"有恃无恐"这个成语,按照词典上的解释是有所倚仗,什么也不怕。这很容易让人联想起当今社会上一部分横行不法的人,比如"我的爸爸是某某"之类,的确是仗势欺人、无法无天。但细细推究,他们所仗之"势"不外乎钱、权、名三个字,顶多再加上一个拳头亦即武力,与这个成语的本源似乎很有些距离。

实际上,就像我们国家的不少成语一样,"有恃无恐"的本源也是一个生动的故事。据《左传》记载,鲁僖公二十六年(公元前634年),齐孝公借鲁国发生灾荒之际,亲率大军,攻打鲁国。鲁僖公在众寡悬殊的情况下,无力应战,只好派大臣展喜以犒军的名义去见齐孝公,力图施行以文退军的策略。展喜来到齐营,见到了齐孝公。孝公蛮不讲理地说,我们大兵压境,你们鲁国人难道不害怕吗?展喜答道:"小人恐矣,君子则否。"齐孝公根本就没把展喜放在眼里,继续盛气凌人地说,你们鲁国的国库空空如也,地里连青草都不长,凭什么不感到害怕呢?展喜正气凛然地回答:"恃先王之命。"他首先面对孝公回顾了齐、鲁两国的建国史,特别指出,当年周成王在分封诸侯时,因为周公和姜太公曾经倾力辅佐周文王、周武王，为周王朝的建立立下了汗马功劳，所以分别将鲁地和齐地分封给了他们。同时，周成王还亲自主持仪式，让周公、姜太公订立盟约，誓言"世世子孙，无相害也"。然后，他又义正词严地质问孝公，如此庄重的盟约，是任何人都不能违背的，你现在背信弃义，将以什么样的颜面面对先君呢？这一番话，说得齐孝公哑口无言，只好无奈地退兵了。

翻检这个成语的本源，还使我想起了著名的长勺之战——同样是发生在齐鲁两国之间的一场战争。一般认为，这场战争，弱小的鲁国之所以能够战胜强大的齐国，是因为曹刿卓越的军事指挥才能，因此才在中国战争史乃至世界战争史上留下了一个以少胜多的辉煌战例，留下了一个"一鼓作气"的千古佳话。此言当然不差，但我以为更重要的还是战前曹刿对鲁国情势的分析，也就是鲁庄公凭借什么来与齐国一决此战。面对曹刿的询问，鲁庄公说："衣食这类东西，我从来都不敢独自享用，一定要把它分给别人。"曹刿回答："这不过是小恩小惠罢了，不能遍及百姓，老百姓是不会因此跟从您的。"庄公又说："祭祀用的东西，我从来都不敢虚报，一定要对神灵诚实。"曹刿回答："这也只是一点小小的信用，并不能赢得神灵的信任，神灵也不会因此而保佑您的。"庄公又说："对于大大小小的案件，我虽然不能一一明察，但一定会诚心诚意地来处理。"曹刿回答："这才是一个国君恪尽职守的表现，可以凭借这个打一仗。"的确，真诚地关心身边的人，虔诚地对待神灵，应该是一个国君的良好品质。但诚如曹刿所说，作为一个执政者，仅仅具备这一点还是不够的，因为他必须知道自己的职责所在，必须用心执掌政权，并以自己的执政能力和水平赢得人民的爱戴和拥护。这一点，也许才是弱鲁战胜强齐的根本原因。

从中我们也不难看出，在这两段史实中，鲁国于前者仰仗的是正义，于后者仰仗的是执政者的政治品格和国民的民心，因此才能够"有恃"和"无恐"，并且最终赢得了胜利。我觉得，这一点不仅与我们今天所常见的某些"有恃无恐"行为不同，而且，对于我们仍然不乏启示和教育意义。

　　　　　　　　　　　载于 2012 年 1 月 2 日《领导科学报》

范丹的魅力

　　也许因为是莱芜人的缘故，我对范丹一直怀有浓厚的兴趣，因为他是有史可查的第一个莱芜县令——东汉桓帝时的"莱芜长"。让人稍感遗憾的是，他在接到任命的时候，恰逢母亲去世，按照当时守丧三年的礼俗，并没有实际到任；而且根据相关史料，那时的莱芜县治还在今天的淄博市淄川区东南一带，今天的莱芜之境尚属嬴地。但这并没有影响我对他的关注。我想，只要读过《后汉书·范丹传》的人，都会对这个东汉末年的廉吏产生深深的敬意。

　　这是一个充满魅力的人。细细琢磨，他的魅力首先来自他的鲜明个性。《后汉书》上说："范丹字史云，陈留外黄人也。少为县小吏，年十八，奉檄迎督邮，丹耻之，乃遁去。"督邮，是西汉时开始设置的一类监察官员，主要是代表郡太守督察所属各县。说到督邮，人们很容易就会想起《三国演义》中张飞鞭打督邮的故事，以及陶渊明因耻迎督邮而发出的"吾不能为五斗米折腰，拳拳事乡里小人"的感叹。看来，在这类人物中，不乏虚张声势、狐假虎威的角色。年仅十八岁的范丹，虽然当时还只是县里的一个"小吏"，但宁可逃走也不肯低三下四地迎接此辈，多么清高耿介！

更让人叫绝的，是他与朋友王奂的绝交经过。王奂未做官前，他们非常"亲善"；等到王奂做了"考城令"，范丹就自觉地与他疏远了。后来王奂又升任汉阳太守，在他临上任时，范丹碍于朋友之间的情分，在路旁置酒食为他送行。但一看到王奂"车徒骆驿"，排场很大，他的心里已很反感；又见王奂嫌路边嘈杂，想邀他到"前亭宿息"，就实在压抑不住内心的厌恶了。他对王奂一番冷嘲热讽之后，"拂衣而去""长逝不顾"——撇下王奂独自掉头而去了！史书中的这些精彩描述，跨越了千年时空，仿佛是定格在那个历史瞬间的特写镜头，给我们留下了一幅多么富有个性风采的生动剪影啊！

范丹的魅力，更来自他的可贵操守。在东汉"党锢之祸"中，他"遭党人禁锢"，生活无着，就用破旧的车子推着老婆孩子四处流浪，基本上靠拾荒讨饭糊口，"或寓息客庐，或依宿树荫"，如此漂泊了十余年。后来，才得以"结草室而居焉"。就在他颠沛流离的困苦生活中，虽然常常吃了上顿没下顿，却依然"穷居自若，言貌无改"，像颜回那样箪食瓢饮、身居陋巷而不改其乐，表现了无比高洁的心志。正是因为这样，后来民间曾流传有"甑中生尘范史云，釜中生鱼范莱芜"的民谣（范丹字史云，故称范史云；曾被任命为莱芜长，故又称范莱芜），说他煮饭用的甑因为不常使用而积满了灰尘，釜也因为整天闲着而长出了蠹鱼（一种小虫子），极力地赞美他的清贫和清廉。在后世人眼里，他也是一个清贫清廉的典范，人们经常使用诸如"范甑尘""范釜鱼""甑中尘""釜中鱼"一类的典故，来颂扬那些安贫乐道、清廉自守的人。据我粗略统计，单是使用这类典故的唐诗就不下十五六首，如骆宾王的《和李明府》、卢照邻的《失群雁》、张说的《咏尘》等，可见他的影响之深。

范丹的魅力，还在于他的人生态度。他在临死之前，对自己的一生做了一个简短的总结："吾生于昏暗之世，值乎淫侈之俗，生不得匡时济世，死何忍自同于世！"这些看似有些愤激的话，表明了他至死都不肯混于浊世的人生追求和人生境界。对于自己的后事，他说得更加直接："气绝便敛，敛以时服，衣足蔽形，棺足周身，敛毕便穿，穿毕便埋。其明堂之奠，干饭寒水，饮食之物，勿有所下。坟封高下，令足自隐。"说到底就是一句话，死了便埋，一切从简，不必有什么不必要的形式和随葬品。这在厚葬成风的东汉末年，实在让人满怀敬意。及至今天，有一个叫陈华文的人还在他的著作《丧葬史》中，把范丹作为东汉一个主张薄葬的代表人物收入书中。我常常想，陶渊明的"纵浪大化中，不喜亦不惧。应尽便须尽，无复独多虑"，应该既是自己的人生感悟，也是总结了范丹一类人物而阐发的人生理想。我甚至觉得，所谓的魏晋风度绝不是凭空产生的，它的一个重要源头，应该就是包括范丹在内的众多汉末"清流"。这种风度，应该也是中华民族宝贵文化品质的一个组成部分。

　　据说，范丹死后，给他送葬的达两千多人。"三府各遣令史奔吊"，"刺史郡守各为立碑表墓"；大将军何进为他求谥号，人称贞节先生。就莱芜而言，范丹虽然没有实际到任，其事迹和口碑却一直广为流传。据《嘉靖莱芜县志》记载，金大定年间曾在县城西边建范丹祠，明弘治年间又重新修缮，每年春秋两季都要举行祭祀仪式。而今祠堂虽无，但他的形象依然深深地植根于人民之中。这些都充分说明，"甑中生尘范史云，釜中生鱼范莱芜"的民谣确实发自民心。也只有真正发自民心的东西，才有持久的生命力。民心，真的不可违。

2008 年 12 月 9 日

河浦嘶马与香沉

明代陈琏的《石门贪泉记》，记述了广州近郊石门的所谓"贪泉"。据说，这个泉眼里涌流出来的水，人喝了就会变贪。但东晋时的广州刺史吴隐之偏偏不信这个邪，他刚到任不久，就去"酌而饮之"，并赋诗曰："试使夷齐饮，终当不易心。"他用商代伯夷、叔齐两位贤者从不为外在诱惑所动的事迹，力证"贪泉"之说并没有什么根据。到了宋代，人们遂借吴隐之"终当不易心"的诗句，将"贪泉"改为"不易心泉"。陈琏在文中不无感慨地说，贪与不贪，并不在什么一泉之水啊！

吴隐之就是这样一个"虽日饮贪泉"而终不改其志的人。据《晋书·吴隐之传》记载，他终其一生都清廉自守、清苦自若。特别值得一提的是，他的女儿出嫁时没有嫁妆，他竟穷到了"卖狗嫁女"的地步；他在任晋陵太守时，妻子仍然自己担柴做饭；当了广州刺史之后，也是清苦清廉一如既往。当时的广州虽有瘴疠为害，但依山临海，也算一个盛产奇珍异品的地方，以前的刺史不少因此贪赃枉法。吴隐之到来之后，率先垂范，尽革积弊。他日常的食物不过是些蔬菜、干鱼之类，"帷帐器服皆付外库”，即使有人不怀好意地说他“矫情”，他也不为所动，终于使岭南的风气为之改观。

《石门贪泉记》还记述了“沉香浦”的动人传说。据说，那是吴隐之的投香之处。事情的缘由是这样的，吴隐之离开广州返乡之时，行船途中忽然风雷大作，他心有疑惑，于是翻遍行李，最终在夫人刘氏的衣箱里发现了一片沉香。他认为这片沉香来路不明，就毫不犹豫地把它投入水中。他的投香之处，就成了后来人们口耳相传的“沉香浦”。用我们今天的眼光来看，吴隐之的做法可能有些过分了。但从另一个方面来说，不论这片沉香是他的夫人自己买的还是别人馈赠的，他这种一尘不染的作风还是为人赞赏和钦佩的。也许正是因为这样，人们才永远地记住了吴隐之，记住了“沉香浦”。

读着这个动人的传说，我不禁想起了家乡莱芜的“嘶马河”。这条河，在现在莱芜城西十余公里处，由北向南流入大汶河；河畔有村，就叫嘶马河村。这条河名称的由来，也有一个让人难忘的故事。据《嘉靖莱芜县志》记载，东汉桓帝时，公孙举等人在泰山一带举兵起事，郡县连年讨伐，总是不能彻底剿灭。永寿二年（156），朝廷选派韩韶为嬴（今莱芜）长。公孙举等人早已听说韩韶贤德的美名，于是心存畏惧，“相诫不入嬴境”，这里才得到了安宁。这个时候，周边一些遭受丧乱之苦的流民纷纷跑入嬴境以求庇护。看着他们饥寒交迫、困苦不堪的境况，韩韶于心不忍，冒着死罪下令打开官仓放粮赈济。面对官吏们的劝阻，他毅然决然地说：“只要能使流民存活下去，我即使因此获罪，也可以含笑九泉了。”正是凭着这样一种品德和气魄，他与当时同为颍川人并且都担任一县之长的钟皓、荀淑、陈寔均以德行闻世，被称为“颍川四长”。《后汉书·循吏列传》热情地称赞他们“以仁信笃诚，使人不欺”。

更加让人感动的是，韩韶到嬴上任时曾骑来一匹母马，这匹马在他任嬴长期间生下了一只小马驹，十分令人喜爱。但他离任时，百姓送他到一条河边，他觉得小马驹生于嬴，是这方水土养育起来的，就坚决地把它留了下来。于是，他只骑着那匹母马过河而去，两匹马隔河相望，难舍难分，一时间嘶鸣不已，让所有在场的人都为之动容。后来，人们感念韩韶的功业，也难忘那对母子依依相别的一幕，就将这条河命名为"嘶马河"了。同时，还在河边立了一块碑，上书"韩韶留驹处"。

我想，韩韶留驹于嬴，既是他的清廉作风使然，也表现了他对这片土地的深深留恋之情。莱芜人民没有忘记这位大贤大德，后来在修建范丹祠的时候，也修建了韩韶祠，并称"二公祠"。明清两朝，一直都将他们崇祀为名宦。而今祠堂虽已无存，但人们一想起"嘶马河"这个名字，还是禁不住涌起一种深深的崇敬之情。

不论"沉香浦"还是"嘶马河"，这些动人的传说告诉我们的，都是那个最最朴素的道理：真正的丰碑，永远都是矗立在人们心中的。

2009 年 11 月 15 日

一个地方，倘能让人记住，一定有它的特殊之处。或风景，或人物，或永难湮灭的遗迹，或流传久远的故事……这些，都会构成许许多多非同一般的传奇。

垂杨，便是这样一个地方。但在陌生人眼里，它又实在太普通不过了：一个小村，百多户人家，都是平凡的民居和平常的街巷。它就那么静静地居于莱芜北部新城的一隅，好像村东河边随处生长的垂柳一样，默默地面对大地长空，悄悄地迎接一年四季。只有清风拂来、鸟雀飞来的时候，它才微微摆动长发，似乎透露出了一点深不可测的秘密。

如果时光倒流两千五百多年，我们穿越无数的历史烟云，深情回望中华大地那个诞生了诸多思想巨人和伟大思想的时代，就会慢慢感觉到这个地方的神奇和不凡。这里，是孔子曾经到过的地方。我们甚至可以说，这是孔子当年求学问礼的一个生动课堂。

史载，春秋时期吴国公子季札出使齐国，回国途中长子病死。因路途遥远难以归葬，只好沿途择地葬焉。当时尚且年轻的孔丘听说后，即不辞辛苦跋涉数百里前来观看、学习吴国的葬礼，并且留下了"延陵季子之于礼也，其合矣乎"的感叹。只可惜，这段夫子重礼践学的佳话，因岁月漫漫，遗迹不存，后人只能怅惘空怀了。直到明代隆庆四年（1570），江西临川人傅国璧任莱芜县令，深为孔子观礼之事湮没无考可惜，于是费心搜集古籍旧志记载，四处请教有学问有研究的长者，最终查明当年孔子观礼之处在垂杨一带。为彰明先贤圣迹，延续莱芜文脉，他又力倡在此构房筑屋，建成了莱芜历史上著名的"观礼书院"（亦称"垂杨书院"）。同时，树"孔子观礼处"碑、作《观礼书院记》以为纪念。

傅国璧在《观礼书院记》中说，书院建成之后，远近学子纷纷前来，"争欲从观礼处诵习圣贤之书，以助化成天下之志"，可谓学风文气盛极一时。如今，四百四十多年的时光倏忽而过，那方历尽风雨剥蚀的石碑仍在，让这个不起眼的小村古韵悠悠、文风徐徐。它让人们回首历史，神往先贤；也让人们看到了灵魂的源头，思想的来处。它像细细拂过杨柳嫩枝的轻风一样，从远古吹来，向未来拂去，岁岁年年，生生不息。

据说，"孔子观礼处"碑的对面，就是当年"垂杨书院"的旧址。现在，虽然原有的建筑几经岁月轮回，早已风流不再，但面对那一方圣土，思绪依然牵扯不住地向前、向前，再向前延伸，耳边仿佛回旋着那古老悠远的弦歌之声，空气中也缭绕着似浓似淡、若有若无的书香、纸香和墨香。这一切，与垂杨的风影交织、融合在一起，浸润了莱芜的山川草木，让这方土地慢慢地变得宽厚、博大、深邃起来了。

于是，在这垂杨风影之中，我看到了明清两朝从莱芜大地上走出的近三十位进士的身影。他们或政绩卓著，或文采斐然；或为国捐躯，或执教乡里，成为莱芜数百年间的光荣和骄傲。历史的神奇之处还在于，在"垂杨书院"建成之前，莱芜进士仅有一人而已。于是，在这垂杨风影之中，我看到了堪称"莱芜现代三贤"的著名散文家吴伯箫、著名历史学家王毓铨、著名诗人吕剑的身影。他们都用自己的出众才华，让莱芜文化的灿烂火花在齐鲁文化、中华文化的天空中一次次绽放，让莱芜不"芜"成为现实，让每一个莱芜人都充满了文化的信心和底气。在这垂杨风影之中，我更看到了新时代的莱芜学子，正源源不断地走出莱芜，走向全国，走向世界，成为各行各业的骄子、栋梁，让莱芜的文脉长续，并且不断为这个世界奉献精彩和神奇。文脉千年，就像插入泥土的柳枝一样，扎根大地，不断分生，旺盛生长。

　　垂杨小村，就那么静静地坐落在那里；"孔子观礼处"碑，就那么静静地矗立在那里。但这方土地上的杨柳，似乎总有那么一点不同寻常的韵味和风姿。

2017 年 5 月 25 日

闲话·阎罗

蒲松龄的《聊斋志异》里有一篇《阎罗》，原文不长，兹录于下：

莱芜秀才李中之，性直谅不阿。每数日，辄死去，僵卧如尸，三四日始醒。或问所见，则隐秘不泄。时，邑有张生者，亦数日一死，语人曰："李中之，阎罗也。余至阴司，亦其属曹。"其门殿对联，俱能述之。或问："李昨赴阴司何事？"张曰："不能俱述。惟提勘曹操，笞二十。"

我对阎罗一般鬼神，一向不感兴趣，却不能不为这篇小说吸引，因为这位莱芜阎罗着实令人敬佩。

说起曹操，乃是中国民众心目中一个最大的奸雄，在旧戏舞台上，是个唱花脸的角色。有些喜作翻案文章的人，曾热衷于替他翻案，说他文韬武略，是个英雄。读读史书，这种看法的确不差。但历史的功过是非，市井小民并不在意，几千年来，他们把对于奸雄的愤恨都倾泻在曹氏身上，曹操哪是替自己一人受过！历史易写，人心难变，我看，这个花脸他还得继续唱下去。

"阎罗"是民间神祇，不进正史之列的，可见，李中之审曹阿瞒是代表了民间正义，是令人感佩的行为。偶读史籍，检到一条公元157年曹操派泰山郡太守吕虔在莱芜镇压农民起义军的记载，又足可证莱芜阎罗审曹操，实在合情合理。

我想，蒲松龄对莱芜人的个性还是非常了解的，因为奸雄曹操绝非等闲之辈，一般阎罗恐怕难以胜任；李中之"直谅不阿"，正可当此大事，"笞二十"，打得多么痛快！

"直谅不阿"，或许正是对莱芜人性格的绝好概括。旧闻莱芜水硬，磨炼出了莱芜人的刚直，恐无所据。但我久已神往于民国初年在"草把子事件"中砸毁县官大轿的莱芜英雄，神往于在伟大的抗日战争中洒过热血的莱芜英雄，我似乎从中感受到了莱芜人血脉中滚动着的那种动人心魄的力量。

1989 年 4 月 5 日

关于"蒲松龄与莱芜"这个话题，我在不少文章中已经提及，这里想说的是他写莱芜的三首诗。这三首诗，都是他的一次远行的所得。

蒲松龄生活在清王朝初年，那个时候朝廷选拔人才主要还是靠科举考试，而科举考试主要就是"八股文"——一种从内容到形式甚至到字数都有严格规定的比较死板的文体。蒲松龄受家庭影响，自幼读书，当然十分渴望考取功名。而且，他十九岁时应童子试，就获得了县、府、道第一名的好成绩。但让人难以理解的是，他在以后的应试道路上却屡屡败北，到老也没有博得半点功名，敲开仕途的大门。

这或许与他不同流俗的性格有关，也可能是因为他对小说、诗词、俚曲等有着广泛兴趣，并倾注了极大精力，因此影响了他对八股文体的专注学习与认真研究。比如，他在一次山东乡试中，就因作文超过了八股文限定的字数，被取消了继续考试的资格。对于这次失误，他曾在一首词中痛心疾首地写道："得意疾书，回头大错，此况如何！觉千瓢冷汗沾衣，一缕魂飞出舍，痛痒全无。"简直是后悔、伤心死了。

康熙九年（1670），蒲松龄已经三十一岁了，他在屡试不第的情况下，为了寻找仕途和生活的出路，接受了同乡、宝应（今江苏宝应）知县孙蕙的邀请，前去做幕宾，有了一次江南远游。也就是在这次远游过程中，他来回经过莱芜，为这片大地留下了三首诗作：《青石关》《雨后次岩庄》《瓮口道夜行遇雨》。

青石关地处莱芜、博山交界处，为战国时齐长城的重要关隘之一，两山壁立，连亘数里，是今天的淄博地区通往江淮一带的必由之路。这年初秋，蒲松龄离家南行经过这里，穿行一道雄关之中，他在震撼之余挥笔写道："身在瓮盎中，仰看飞鸟渡。南山北山云，千株万株树。但见山中人，不见山中路。樵者指以柯，扪萝自兹去。勾曲上层霄，马蹄无稳步。忽然闻犬吠，烟火数家聚。挽辔眺来处，茫茫积翠雾。"他说，身处青石关的峭壁深涧之中，如同在一个大瓮和一个小口的大酒杯里一般，但见云雾弥漫、绿树满山，只是找不到路在哪里。问在深涧中砍柴的人，他用斧柄指着前面，说越往前山路越狭窄，人马都得贴着崖壁上的松萝爬上去。果然，沿着曲折陡峭的山路向上攀登的时候，感觉真的如上九霄，马蹄也几乎没有立足的地方。等到登上青石关顶，才忽然听到了几声狗叫，看到了几户人家冒出的炊烟，仿佛一下子从鬼门关中回到了人间。牵着马的缰绳回头一看，只见脚下的青石关一片云遮雾绕、迷迷茫茫……

今天，我们读着蒲松龄这些传神的描绘，青石关的雄奇险峻仿佛就在眼前。这首感受深刻、气势雄阔的古体诗，也给这道关隘增添了一些令人神往的奇幻色彩。另外还应指出的是，这也是蒲松龄流传至今的一千多首诗词中，最早的一首。

登上了青石关顶，就来到了莱芜境内。他由此一路南行，在傍晚时分到达了岩庄。岩庄，就是今天莱芜境内的颜庄。从《雨后次岩庄》的标题来看，蒲松龄在南行途中不仅经过了这里，而且还在这里住了一个晚上。"次"，就是古人出门时临时住宿或驻扎的意思。我们可以想象，在经历了青石关的奇险和惊悸之后，他看到岩庄一带如画的美景，情绪自然会变得舒缓轻快起来。但一出青石关，也就真正离开了他的故上，远离家乡的愁绪不禁油然而生。他动情地写道："雨余青嶂列烟鬟，岭下农人荷笠还。系马斜阳一回首，故园已隔万重山。"以美景、乐景写哀，让我们体会到了蒲松龄那种复杂、纠结的心情。

当然，经过三百四十多年的时光流转，脱离了当时的心境和语境，我们更会为他笔下描绘的景致吸引。你看，雨后，日落时分，远处的青山像屏障一样高耸直立，峰峦间烟雾缭绕，这是一幅多么美好的图画啊。山岭下，田埂上，农人们把斗笠斜挂在肩上，赶着牛羊、扛着农具走向那炊烟飘香的村庄，耳边回荡着鸡鸣犬吠和牛羊的欢叫，又是一首多么动人的乐章。我觉得，今天的颜庄完全可以将这首诗作为自己的一个宣传品牌，来认真对待。

到达宝应之后，蒲松龄虽然很受孙蕙信赖，也为孙蕙的爱民之心感动，但他的具体工作，无非就是帮办文牍，写些无聊的公文和应景的东西，既无助于功名，也非自己的兴趣所在。这给他带来了很多苦恼和苦闷。他在苦恼和苦闷之中，愈加思念家乡和家乡的亲人。于是，第二年夏天就辞谢孙蕙，返回淄川老家了。

返回途中，自然还是要经过莱芜、经过青石关，然后穿过与青石关紧紧相连的瓮口岭到达颜神镇（在今淄博市博山区），再向淄川。没想到，这一次比上一次还要惊险，他甚至差一点为此丧了性命。这些都保留在他的《瓮口道夜行遇雨》一诗中。这首诗开首便写道："日暮驰投青石关，山尘横卷云漫天。"一派山雨欲来的可怕景象。在这样一个艰难时刻，他也惧于过关，想在一户人家留宿，那户人家却说家里已经断绝炊烟、不能饮食了。他看到这户人家的粮食和柴火都堆满了屋子，想到自己已是人困马乏，就连连向主人求情，渴望得到照顾和施舍，可是无情的主人还是一口回绝了他。蒲松龄无奈之下只好打马下关，这个时候，"倒峡翻盆山雨来"，天空中雷电交加，山谷中狂风吼叫、暴雨如注，他和疲惫的坐骑在风雨中挣扎，躲避着气势汹汹的山水和乱石，不知经历了多少凶险，才死里逃生，走出了青石关，走出了瓮口岭。直到第二天凌晨三更时分，他才一身惊恐与疲惫地来到了一个叫土门庄的地方，敲开了一户人家的大门，喝上了一碗热汤，吃上了一顿热饭……

　　每每读到这首诗，我都为蒲松龄揪心，也为青石关上的那户人家羞愧。我想，倘若当年蒲松龄因恳求留宿而不得，最终葬身青石关或者瓮口岭的话，那将是中国文学多大的损失；对那户人家来说，也将是一个难以弥补的遗恨。当然，我们不能苛求青石关上的那户人家，不能苛求我们的祖辈，他们当时那样做也许是有自己的难处和理由。但有一点我们似乎可以说，如果人与人之间缺少了温情和关爱，那么我们面对的现实将是极其残酷、极其可怕的。即便是在今天，当我们面对青石关的时候，也不能忘记蒲松龄的遭际，也应该思考一点什么……

2011 年 11 月 4 日

对于赵执信，这里恐怕需要多说两句，因为今天的许多读者可能对他已经不太了解。但在清朝初年，这可是一个鼎鼎大名的人物，曾被誉为清初诗坛"六大家"之一，在中国文学史上尤其是在清代诗歌史上有着自己独特的贡献。当然，更使他闻名天下的，还是因为"国恤观剧"而被朝廷革职，以二十八岁的青春年华遁迹山林，并且直到83岁去世，终身未再踏进官场。

赵执信（1662—1774），字伸符，号秋谷，晚年又号饴山老人，益都颜神镇人。益都颜神镇，清雍正十二年改为博山县，就是今天的淄博市博山区，是与莱芜山水相连的近邻。据说，他在童年时，就显示了过人的天赋，九岁作文即语惊四座，十四岁考中秀才，十七岁在山东乡试中以第二名的优异成绩考中举人，十八岁中进士，选入翰林院，二十三岁就担任了山西乡试正考官，二十五岁升任右春坊右赞善兼翰林院检讨，同时还任《明史》纂修官，并参与撰修《大清会典》，是一个难得的青年才俊和政治新秀。我们今天即使不懂这些官职的级别和内涵，也可看出赵执信在当时政坛和文坛的地位和影响。

不过，事物的发展往往具有两面性，树大容易扬名，也容易招风。赵执信后来的遭遇，恰巧应验了那句"木秀于林，风必摧之"的古语。据他死后山东学政黄叔琳所作的《赵执信墓表》说，他赢得大名以后，"朝贵皆愿纳交，而先生性傲岸，耻有所依附，落落如也。故才益著，望益高，忌者亦益多"。正因为如此，他在京师很快就成了被排挤和打击的对象。康熙二十八年（1689）八月中旬，赵执信二十八岁时，被好友、《长生殿》的作者洪升邀去观看《长生殿》的演出，因为这次演出正好在康熙佟皇后病逝尚未除服的"国恤"期间，被人告发，赵执信和其他五十余人以"国恤张乐大不敬"的罪名，全部被革职除籍。

据后人研究，这场"《长生殿》演剧之祸"的原因是复杂的。有人说是因为《长生殿》所写的兴亡之感触怒了康熙，因此借题发挥，痛下狠手；有人说是因为当时朝廷中南北两派相互倾轧，赵执信等人因此受害；也有人说这与赵执信的性格有很大关系，刘大杰先生在《中国文学发展史》中就说他"抱异才，负奇气，好饮酒，喜谐谑，有狂士之名"。但无论如何，赵执信的政治前途就从此断送了。人们在惋惜之余，不禁发出了"秋谷才华向绝俦，少年科第尽风流。可怜一曲《长生殿》，断送功名到白头"的感叹。

削职还乡之后的赵执信，开始了他的漫游和家居生活。从他的诗文来看，他的漫游范围极广，东至黄海，西到嵩山，南到广州，北至天津，特别是以苏州为中心的江南地区，他就去过五次之多。长期的漫游生活，使他在饱览秀美河山的同时，也有机会更多地接触社会、接触现实、接近人民，创作了大量优秀的诗篇，走上了他的诗歌创作高峰，也奠定了他在诗坛上的地位。其中，《颜庄即目》《村宿尝新酿调仲生》《河庄戏题》等三首写莱芜的诗作，就是雍正二年（1724）冬天他从苏州漫游返家时所作。这也是他的最后一次漫游。此行之后，他就隐居博山的因园（坐落在博山城东关外的赵执信别墅）之中了。

从他流传至今的诗作来看，他这次返乡是从新泰进入莱芜，经过颜庄、和庄，然后下青石关回到博山的。这时，他在苏州已经待了四年，因此一进新泰，那种即将到家的欢快心情就不禁油然而生。他在《大雪过十八里岭，岭半下见新泰县》一诗中写道："群山如故人，走迓二百里。风雪亦有情，掀飞作狂喜。"只见群山如同老朋友一样，走出好几百里来迎接我；漫天飞雪也欢乐起舞，欣喜地迎接我的归来。这种心情，在《颜庄即目》中也有充分表现："溪水弯环落雪痕，乱山高下尽当门。渔舟添个溪头缆，便是江南黄叶村。"雪后的颜庄山水，溪流静谧，山势高低，如果把渔舟用缆绳系在溪头，那简直就是一派江南风光啊！虽说"即目"，也就是匆匆一瞥，但颜庄的冬日景致已在他的笔下传神地表现出来了。

离开颜庄之后，他还在莱芜的某个村庄住了一宿。从他的《村宿尝新酿调仲生》一诗中看出，他与这家主人欢饮长谈，情绪十分高涨。特别是打开雪后新开瓮的刚刚酿熟的美酒，只见酒面上浮动的酒渣像一点点的金粟；用炉火烧热后，清澈透明，倒在玉碗里就好像什么也没有一样。仰头喝上一口，觉得嘴里有些辛辣，喉咙里有些润滑，到肚子里的时候就甘美无比了。主客之间推杯换盏，一会儿就喝到了"赏花半开，喝酒微醺"的境界，那可真是奇妙无比啊！其实，赵执信哪里是在喝酒，他喝的是一种生活的情调和欢快的心情。自然，这是一种离家四年之后即将回到家乡的感觉，与蒲松龄当年离家南行，走到莱芜颜庄一带时写的"系马斜阳一回首，故园已隔万重山"，味道自然是不同的。

正是因为有着这种心情，雄奇、险峻的青石关在他的眼里也不是那么凶险、可怕了，他甚至带了一种好玩的笔调，写下了这首《河庄戏题》："欲知太行摧车道，扶羊岭头雪初晓。欲知蜀栈天梯路，青石关前冬已暮。深山难犯谁相从，吴儿使马如扰龙。不如倚舵听歌好，淄水沙尘愁杀侬。"这里的"河庄"，就是今天的和庄；"扶羊岭"，就是今天的佛羊岭。在这首诗中，他虽然把扶羊岭比作难以翻越的太行山，把青石关比作"难于上青天"的蜀道，甚至还说前来送他的吴地马夫驾驭马匹如驾驭不可驯服的蛟龙一样，走在这样的山路上，实在不如倚着船舵听江南的小曲轻松；远望淄水，风沙漫漫，真是使人发愁啊。但只要我们读读这首诗，从头到尾都是欢快的调子，哪有一点忧肠愁绪呢？在诗人眼里，这绝不是什么行路难，而是一道有点儿特殊的风景——因为家乡就在眼前了。

读着赵执信的"莱芜诗"，我真想马上回到莱芜，找找他当年所走过的路，并且沿着那条路寻觅一点历史的影子。即使这些都做不到，至少也可以到博山看看他的故居，看看赵执信博物馆，拜谒这位在莱芜大地上留下了优美诗篇的先贤。

2011 年 11 月 9 日

我眼里的莱芜人

　　我始终这样认为，一个土生土长的莱芜人，如果不离开莱芜，就不能很好地认识莱芜；而不论哪个地方的外地人，只要在莱芜工作或者生活过一段时间，就永远也忘不了莱芜。而今，我离开莱芜到外地工作已经四年多了，回过头来看看家乡和家乡的人们，真有很多感慨。

　　莱芜人重感情，在我眼里，这是一个最大的特点。人的感情有好多种，同学之情、同乡之情、同事之情、战友之情、朋友之情，等等。在外地待得久了，我感觉胶东人特重同乡之情，某人请个客，一桌子绝大多数都是胶东腔；而南方人请个客，七八个人可能就有七八种口音，而且喝酒少、说话多，说着说着就说到生意上去了。莱芜人则是什么情都重。我在莱芜工作的时候，常常是今天同学、明天老乡，上午老同事、晚上老朋友，天天连轴转。就是这样，心里还常常划拉，很长时间没见着"谁谁谁"了，这家伙怎么连个电话也没有呢？倘若是谁有了个七灾八难，同学、同乡、同事、朋友，一拨一拨地都跑过去了，能帮忙的帮忙，不能帮忙的也急着去凑个人场。谁要是凑巧有事没赶上，就像做了很大的亏心事似的。莱芜人重感情到了什么程度呢？用我老家的话说，就是一个人对另一个人好，"他要头，连膀子都会卸给他"。

因为重感情，莱芜人特别团结。我在莱芜工作的时候就感受颇多，到外地之后更是深深地体会到了这一点。比如在济南，大家原本并不认识，但一见面听说是莱芜人，头一句话就是"我怎么还不知道你在这里呢"，好像对方原来就鼎鼎有名似的。如果有点什么小事需要老乡帮忙，一个电话打过去，听到的头一句话肯定是"你让那个'谁谁谁'来找我吧，没问题"。如果谁有什么喜事了，一大帮子人相约着来了，祝贺；如果谁摊上什么"白公事"了，一大帮子人又相约着去了，解恼。好多外地人看到我整天跑前跑后、忙忙活活的，问我累不累、烦不烦，我也不好跟他们解释。一方水土养一方人，我是在莱芜那片土地上成长起来的，要是有一天大家不理我了，我才觉得累、觉得烦呢。

莱芜人讲礼数，这是我所见到的任何一个地方的人都比不了的。当然，我所说的这个"礼"是传统的礼节，是看起来有些陈旧的"老古董"。人们都说山东是"齐鲁之邦，礼仪之乡"，但历史发展到今天，那些旧时的礼俗如今保存在什么地方呢？我以为是在莱芜。有些情景，今天大概只有在莱芜才能看到。比如，不论在什么地方，酒席上遇到本家的长辈一定要满酒、敬酒；比如，除了春节，农历七月十五也要请家堂，上坟烧纸，等等。当然，最典型的还是给老人过生日，不论是爷爷奶奶、姥爷姥娘，还是父亲母亲、丈人丈母娘，也不管这些长辈是七老八十还是六十不到、五十出头，一到他们生日那天，晚辈如果没有很特殊的情况必定得去，而且常常是大人孩子倾巢出动，热热闹闹，一过就是一整天。要是老人生日不在双休日和节假日，上班的人向单位请假也得去。初到莱芜工作的外地人很不理解，这个地方怎么给老人过个生日还要请假呢？不出一年，他就知道这种民风的强大了，再碰到过生日来请假的，二话不说，"去吧去吧"。更有意思的是，有些到莱芜工作的外地人，以前从来也没正儿八经地过回生日，但在这里待了不几年，竟也顺理成章地过起来了。

莱芜人讲礼数，但这种讲究不是刻意装出来的，一点也不让人觉得别扭。在外地工作，和那些省内省外的外地人吃个饭，光排个座次就费劲，该坐上首的不去坐，别的人只好使劲让，有时候还得连推带拉，饭还没吃就累了一头汗。在莱芜基本没有这种情况，不论认识的不认识的，见了面一介绍，各人就照着自己的位置落座了，顶多是嘴上谦让。当官论职务，同事论资历，同学论大小，本家论辈分，一般乱不了。所以我常说，莱芜人讲礼数并不是"穷讲究"，而是一种早已渗透进血液里的文化传统。外地人不理解，认为很多礼数都不必要，甚至觉得莱芜人在这方面有些愚昧和落后。但我不这样看，我觉得"情"与"礼"是一个问题的两个方面，"情"是"礼"的内核，"礼"是"情"的外在表现形式，莱芜人讲"礼"实际上是重"情"的表现，乡情、亲情、友情，外化为各种各样的"礼数"，维护了一种和谐的人际关系，好得很！

莱芜人爱面子。爱面子是中国人的传统，古人就有"砍头事小，失节事大"的说法。阿Q死到临头了，还在为没画好供状上的那个圆圈遗憾。所以，不爱面子的人是很少的。但莱芜人在这一点上特别较真。还是说喝酒，晚辈给长辈敬酒是天经地义，虽然敬酒的时候长辈一连声地说"算了算了"，但如果万一没敬，长辈肯定会很生气，甚至还会在心里说这孩子没"礼数"。其实，他不是说这孩子没礼数，而是嫌没给他面子。农村里两家人家吵架，常常只是为了一点鸡毛蒜皮的小事；亲戚朋友们本来走动得好好的，为了一点小事忽然不来往了，问问原因，大家都会很好笑地说"值得吗"？说起来确实不值得，都是些你多说一句、我少说一句的家长里短，犯不着闹翻脸。但当事人却不这么想，你如果去劝说，他会告诉你："什么小事？这是关系到我一家子脸面的大事！"或者会说："我也知道没什么大不了的，又不是输房子输地，但'不蒸馒馍也要蒸口气'，你说我能咽下这口气吗？"爱面子的结果，常常是对阵的双方都丢了面子，我以为这是得不偿失的。但真遇到了那样的情况，真到了那个关口，谁都不肯示弱。因此，重"情"讲"礼"的莱芜人也真记仇，亲兄弟都会翻脸不认，父子俩都会怒目相对，更别说街坊邻居和一些外人了，见了面不搭腔的有的是。

莱芜人太实在。实在是一种美德，山东人的实在在全国都是出了名的，但莱芜人却是"太实在"了，突出的表现就是干什么也不讲求回报。邻里之间救了急，同学、同事、朋友之间帮了忙，救急、帮忙的人很少有挂在嘴上的，受助的人也很少有没完没了千恩万谢的。他们都把感激之情藏在心里，很少说出口。反倒是如果别人有求于你，你又没帮人家把事情办好，才像欠了很大的债似的，心里很长时间都会觉得过意不去。

说到莱芜人的实在，我就会想起郭冬临曾经表演过的一个小品，他和别人打包票说能办到什么什么，比如买个火车票之类，其实都得成宿成宿地带着铺盖卷儿去排队。这个小品告诉我们，实在过了头有时候是很有害的，因为不论别人的什么要求你都不好意思拒绝，没有能力办到的事情也应承下来，看起来好像实实在在，结果却常常于事无补，有时候甚至会给人家把事情耽误了。这种实在，说到底也是一种爱面子的表现。因此，我们对实在这种美德要一分为二地看。但无论如何，每当我听到别人说"莱芜人的优点是实在，缺点是太实在了"时，心里还是很高兴的，因为实在总比虚伪强。

当然，莱芜人的特点还有很多，比如淳朴善良，比如耿直倔强，比如豪爽大度，等等，这些都有待于很好地总结和挖掘。

写到这里，夜已经很深了，房间窗子的角度不对，看不到天上的月亮。身在异乡为异客，无时无刻不思亲。在这样一个深夜，一种沉沉的孤独感忽地袭上心头。我默念着远方的亲人和朋友，在纸上写下了一串又一串的"莱芜""莱芜""莱芜"，然后，对着这两个字发起呆来。

2007 年 9 月 25 日，农历中秋节

——写在吴伯箫先生诞辰一百一十周年之际

　　最近几年，每到初春时节和秋风欲来的时候，我就会不由自主地想起著名散文家、教育家吴伯箫先生。他是莱芜人，我的同乡前辈，莱芜现代史上的一个重要文化地标。

　　他出生在 1906 年 3 月 13 日，1982 年 8 月 10 日辞世。他的寿命不算很长，只活了七十六岁；作品也不多，只有二百多篇。但他的影响却是深广的、长远的，尤其是在莱芜那个地方。那个地方，倘若没有了他和著名历史学家王毓铨、著名诗人吕剑，那么，它整整一个世纪的文化将会逊色不少，甚至会让人感到有些羞怯。有了他们，一切就完全不同了。这三个被称为"莱芜现代三贤"的人物，足以让家乡莱芜充满了底气，也足以让我们这些晚生后学感到自豪、荣光。

　　今年是吴伯箫先生诞辰一百一十周年，这样一个人自然是应该纪念的。更何况，他既因曾为衍圣公孔德成教过英文，被称为"万世师表师"，又是在抗战初期即辗转奔赴延安的老革命；既是一个个性鲜明、风格独具的散文名家，又是一个自觉地将写作服从于革命和政治需要的革命作家。尤其是在 20 世纪 60 年代初期，他的以《记一辆纺车》为代表的一组回忆延安战斗生活的散文，使他成为当之无愧的"延安精神的歌者"。吴伯箫是复杂的，又是单纯的。他的复杂与单纯铸就了他在中国现当代散文史上的独特地位，给后人以诸多启示和怀想。

值得欣慰的是，在这样一个乍暖还寒的初春季节，一些好消息不断传来：我的老师张欣先生积数十年之功写成的《吴伯箫年谱》，即将付梓；吴伯箫先生的骨灰撒放地泰安，在他逝世三十周年之际曾建立了吴伯箫纪念园，置立了吴伯箫塑像，今年又将置立吴伯箫纪念铜像；莱芜市委宣传部、市文联不仅要举办一系列座谈研讨活动，还准备设立"吴伯箫散文奖"。其中最使我感动的，是我的朋友、莱芜民间收藏家张爱勇兄。前段时间他告诉我，他竟然花了五千多元，从网上买下了吴伯箫先生的两纸信札。

我知道，爱勇兄的收藏是以书画为主的，这类藏品他以前并未关注。那天我们见面聊天，我问起其中缘由，他说："我看了你的《吴伯箫书影录》《王毓铨书影录》《吕剑书影录》之后，感觉这三位莱芜现当代文化名人的东西需要抢救性地搜集一点。今天不赶快做，恐怕今后想做都来不及了。这也算是为莱芜做点贡献，为后人负点责任吧。"于是，他按照我书中提供的线索，遍寻"莱芜现代三贤"的著作版本，现在已经搜集了不少。然后，又旁及他们的书信、手稿、资料。他甚至还想收藏一些他们生前的藏书、藏品和笔墨纸砚之类，留之后人，传给后世。

那一天，我坐在茶桌旁，静静地听他讲，仿佛有点不知身处何处之感。仿佛他是一个天外来客，在谈一件在我看来十分美好但又过于遥远的事情。因为这类收藏是全心全力的付出，靠的是一种真挚、纯净的情感，一种对故土文化传承的自觉担当。感动从我的心底油然而生，我很想紧紧地握住他的手，与他热情拥抱。但我没有那样，我只是静静地坐在那里，静静地听他讲。我十分享受这种静静的氛围，仿佛荡尽了人间烟火之气，神游物外，超然出世。

这里，我想摘录其中一封 1981 年 1 月 9 日吴伯箫写给一位编辑同志的信。从中，我们可以看到先生的认真态度和可贵品质。这些，也足可证明爱勇兄耗资费力的收藏是有价值的。

某某同志：

湖南人民出版社文艺室寄的《现代游记选》收到了。拙作《攀金顶》承收入选集，谢谢！

一九七九年九月《人民文学》发表这篇稿子时，有两个字错植了：《游记选》第 458 页第 9 行，"十七米"系"七十米"之误。大佛实际高度是七十一米。这个错误《人民文学》发表时就有了，当时曾去信更正。后来《新华月报》文摘版转载，以讹传讹，以致带累了选集。

又《游记选》457 页 2 段 4 行末字"日"应为"月"，也是印错了的。

后者关系不大，前者"十七米"处，刊误（或再版）时请顺便更正。

敬礼！

吴伯箫

一九八一年元月九日

那一天，爱勇兄还送我一本吴伯箫最早的散文集《羽书》，是 1941 年上海文化生活出版社的初版本，距今已有七十五年的历史。他说："我从你的《吴伯箫书影录》中，知道你一直没有找到这本书。收入《吴伯箫书影录》的，是 1982 年花城出版社的再版本。一个偶然的机会我在网上看到有两本在拍卖，就一块买下来了。"我问他价格，他笑而不答。我知道，这份沉甸甸的情谊不是用金钱能衡量的。

这本书的确是我苦寻不得的。几年前，我在撰写《吴伯箫书影录》时，多想找到这本书啊，因为这是吴伯箫出版的第一部著作。我当时认为，因为年代久远，这个初版本恐怕已经很难见到了。现在，它竟这样不期然而然地摆在了我的眼前！这本纸页已经发黄、变脆的小册子，在漫长的历史岁月里经历了哪些曲折，凝聚了多少故事，我一时还不得而知，将来还会细细探究。至关重要的是，因为战乱，这本书吴伯箫本人也没有见过。这又是一种怎样的酸楚和伤痛呢？有时候，一本书的命运真的比一个人的命运还要曲折、复杂。而今，爱勇兄又使它重现于我们面前，并使它以这种方式回到了家乡莱芜，功莫大焉。

正如春风来了，还会有倒春寒一样，就在这样一个时刻，也有一些不好的消息在风中传播，令人伤感。我听说，位于莱芜城里的吴伯箫故居要拆掉。也有人说，不是拆掉，是迁建到另外一个地方。但迁建之后，还是吴伯箫故居吗？对现在先进的建筑技术，我一点都不怀疑，大楼都可以平移，古建都可以恢复，几间年久失修的破平房拆到别的地方另建起来，有何难哉？可是，这座老屋实在不同于一般的老屋啊，老屋下这方小小的土地也不同于其他任何地方，这里孕育过一代著名散文家、教育家，这里是吴伯箫人生的出发点，是他的精神和灵魂之根。一个人人生的出发点可以重新选择吗？一个人的灵魂和精神之根可以随便拔起吗？更何况，这样的名人故居，在莱城，在两千多平方公里的莱芜土地上，已经是唯一一处了。

这个令人心寒的消息，让我想起了许多年前被拆掉的济南老火车站钟楼，那是济南这座历史文化名城永远的伤痕，是一代甚至几代人惨痛的记忆，也应该是一些人难言的耻辱与悔恨吧。拥有众多名胜古迹、名人故居的济南尚且如此，只有一处残存的名人故居的莱芜，是否应该深思和警醒呢？当然，我只是道听途说而已。祈愿这个消息只是个以讹传讹的传闻，很快就会被春风吹走。因为我相信，在习近平总书记以强烈的人文情怀和深厚的历史责任感，反复告诫我们要尊重历史、继承传统的情况下，应该没有人会再干这样荒谬的傻事，再有这样愚蠢的恶行了。

历史是粗线条的，它会忘记很多东西；历史又是无比清醒、十分严厉的，它会记住所有重要的细节。我们和我们这个时代都会成为历史，一切都会成为历史。唯愿后人在回望我们这段历史的时候，稍稍多一点怀念，尽量少一点感伤；稍稍多一点赞美，尽量少一点鄙夷和诅咒。

——纪念吴伯箫先生诞辰一百一十周年。

2016年3月13日，吴伯箫先生诞辰纪念日。载于3月25日《大众日报》丰收副刊

第三辑

风景何处寻

有人说，熟悉的地方没有风景。这话说得有点道理。

其实，许多事情也像钱钟书先生所说的"围城"那样，"围在城里的人想逃出去，城外的人想冲进来"，大家总想找点新鲜的感觉。你看，一到周末和节假日，济南城里的人总爱举家往城外涌，以至于南部山区或者一些别的什么地方常常人满为患，而城市周边的人也爱涌进城里，济南的三大名胜趵突泉、大明湖、千佛山，还有那些繁华的商业区，常常游人如织、人声鼎沸。

那么，熟悉的地方到底有没有风景呢？司空见惯之中，我们能不能找到一点新鲜有趣呢？

我的工作单位和家都临近舜耕路，这是我每天上下班的必经之路。十多年前我刚到济南时，它还没有南北贯通，路南头还是一片村庄。这些年来，随着旧村改造和新区建设步伐的加快，它早已成为一条南北交通要道。自然，所有的"城市病"也随之而来，诸如尾气、堵车、噪声，都时时困扰着在这条路两边工作生活的人们。就是这么一条路，天天来回，我竟也慢慢地体会到了它的好处。

从单位往北，在舜耕路与经十路交叉口西南，有济南泉城公园；泉城公园对面，不远处就是梵宇僧楼、风景如画的千佛山。这些都是济南人再熟悉不过的风景了，我们今天且不去说它。那么，从单位往南，既无园林，也无名胜，还有什么值得一提呢？呵，你看，与单位毗邻的是济南大学的一个校区，我在办公室里即可俯瞰它的校园，绿树成荫，青草满地，每天都那么静谧而温馨，让人好生羡慕。沿舜耕路经过济南大学的东门，往南不远，路东是依山而建的山东财经大学舜耕校区，从大门口望进去，一条林荫路沿着山坡而上，消失在满眼绿色之中。在这两所大学周围，还有好几处中学、小学和幼儿园，上学、放学时间，路旁的人行道上就挤满了那些活泼可爱的孩子们，一路笑语喧哗。再往南一些，还有济南艺术学校。它的前身，是当年颇为有名的正谊中学——季羡林先生的母校，前些年刚从大明湖畔迁到了这里。

学校，无疑是我们这个社会最应该重视的地方，因为我们的子孙后代在这里学习、成长，因为它承载着美好的未来和希望。我常常想，舜耕路也可算是济南的又一条文化路了，文化给这条繁忙的街衢涂抹上了一层别样的色彩。每天清晨和傍晚，我与那些上学、放学的孩子们同行，总感觉他们给这条路带来了不一样的风景，让人在严冬里也会感受到春天的气息。

山东财经大学舜耕校区的大门，正对着的是舜玉路。沿这条路往西不远，就是山东省作家协会。这里是山东作家的家园。而那些家居济南的作家们，也大多居住在这个区域内，他们在这里积淀着生活、挥洒着才情，为人们奉献出一部又一部文学作品，用文字温暖着这个有点残缺的世界。

从山东财经大学舜耕校区校门口继续往南，不远处则依次坐落着山东省社科联、孔子基金会、山东省社科院、山东省社会主义学院，全省的一大批社科精英就集中在这里，许许多多关于全省、全国乃至世界的经济、社会、哲学、历史、文化、教育等方面的研究成果，就在这些地方悄然诞生。称这个区域为济南这座城市的文学、社科人才荟萃之地，应该是可以服众的吧？因此，每当我从这个路段走过的时候，似乎总能闻到一股浓浓的书香气息；看到那些从研究单位走出来的研究人员，也总会想到"满腹经纶""学富五车"一类的成语。这是不是一道独特的风景呢？我想是吧。

傍晚时分，华灯初上，我从一个叫伟东新都的居民区路过，总会放慢自己的脚步。因为就在这个居民区靠路边的一座楼上，住着著名作家刘玉堂先生；往西不远，住着著名作家、山东省作协主席张炜先生；往南不远，则住着著名诗人桑恒昌先生。这三位先生，都是我所敬仰的文学前辈，与他们毗邻而居，我感到莫大的荣幸。正如不少文学爱好者熟知的那样，作为"新乡土小说"的代表，刘玉堂先生以沂蒙山为背景的小说作品一直为人瞩目；他的地域色彩浓郁又极其幽默风趣的小说语言，在当代文坛独树一帜。作为山东文学的领军人物，张炜先生的小说从"芦青河"出发，描绘那个地方波澜壮阔的家族史、社会史，以其鸿篇巨制和史诗风格走向了全国、走向了世界。而他的散文，则越来越显示出深厚的文化内涵和精粹的思辨风格，具备了哲学的意味和思想的深度。作为著名诗人，桑恒昌先生的"怀亲诗"构思独特、感情深挚，字字句句含泪泣血，打动了全国乃至世界的许多读者……

有时，我夜晚出来散步，从他们楼下走过，看到他们的窗口透出的灯光时，常常猜想：他们是在伏案写作，还是在与文友交谈呢？或者把书品茗，沉浸到文学的世界里去了吧？这窗口的灯光，不也是一道美好而温馨的风景吗？它似乎正在静静地向外流溢着文采、情思和故事，在空中弥漫，让人沉醉。我想，这个偌大的居民区，总有几万人居住吧，倘若没有这些文化人在这里生活、写作，我们是不是会觉得有些单调、有些平常了呢？而有了他们，这些地方是否就有了那么一点别样的色彩呢？

前几天与几位朋友闲谈，我说起了这些看法。朋友说，你不说我还真没意识到呢，你那个地方竟有这么多人文风景啊！我住在省图附近，那里又有哪些风景呢？

我说，呵，省图本身就是一道亮丽的风景啊！博尔赫斯说过，假如有天堂，应该就是图书馆的模样啊。你的周围，在百花公园附近，有孔门弟子闵子骞的墓。省图往北不远，则是山东大学洪楼校区，那里可是当年济南的一个文教重镇。

说到这里，另一个朋友抢过了话茬。他说，我家住在齐鲁医院附近，天天为堵车头疼。听你这么一说，我也发现那个地方的好处了。那里毗邻齐鲁大学老校园，里面的大树、老房子都令人震撼。齐鲁医院里的不少楼房都是文物。临近的南新街上，老舍先生的故居正在修缮，很快就会对外开放了……

我们都散居在城市一隅，我们都曾觉得对自己身边的东西太过熟悉。今天，在朋友们的你一言我一语中，我们豁然发现，原来身边就有那么多风景啊。而且相对于自然的风景来说，这些人文风景更加浑厚，有着别样的魅力。

　　风景何处寻？风景就在身边，就在眼前，就在我们每个人的心上。只要我们愿意，就总能发现它。

　　2014 年 5 月 10 日，载于 5 月 23 日《大众日报》丰收副刊、6 月 23 日《领导科学报》境界副刊

济南说泉

泉生济南，泉水是济南的灵魂。

我不是老济南，对这方泉水没有太多的发言权。但我是一个幸运的新济南，因为 2003 年 8 月我初到济南的时候，绝大多数泉眼还是一片干涸。据说，由于连年干旱，号称"天下第一泉"的趵突泉已经停喷五百多天了！也许真的是天公作美，刚到济南没几天，就接连下起了一场又一场大雨。随着地下水位的不断上涨，趵突泉于九月六日重新喷涌，其他有名的、无名的泉子也相继复苏，济南又成了名副其实的"泉城"。五年多来傍泉而居，使我深切地感受到了一个"泉城"人的舒适和满足。

泉水是济南的名片，同为济南名片的还有柳树和荷花，而它们也都是泉水滋养出来的。有人说，济南有三块"金字招牌"：一是杜甫的诗句"海右此亭古，济南名士多"；二是刘鹗《老残游记》中的"家家泉水，户户垂杨"；三是老舍在《济南的秋天》里的一句话，"上帝把夏天的艺术赐给了瑞士，把春天的赐给西湖，秋和冬的全给了济南"。这些说法或许都有些道理，只是不知能否得到世人的普遍认可。

我觉得，真正能够代表济南的，应该是"家家泉水，户户垂杨"，应该是"四面荷花三面柳，一城山色半城湖"。这两句话，传神地说出了济南老城的特色，描绘了济南令人神往的迷人景致。我想，今天的济南之所以把泉城广场的标志性建筑建成"泉标"形状，之所以把市树定为柳树、市花定为荷花，之所以把新的奥体中心主体场馆建成"荷花"和"柳叶"，都是有着深刻的历史文化内涵的。我对于建筑没有什么研究，无法判断在日新月异的济南，百年以后还有哪些依然可以称为经典，但我以为"泉标"可以，号称"东荷西柳"的奥体中心可以，因为它们不仅仅是用钢筋水泥堆砌起来的，而且渗透着这个城市的文明，凝结着这方民众的情感，也代表着世人对济南最为直观的印象。它们是静止的音乐、凝固的诗，是不朽的杰作。

济南的泉水是丰厚的，如果说火山爆发是大地剧烈的心跳，那么泉水涌流则是大地血液的脉动。不论是"泉源上奋，水涌若轮"的趵突泉，是从三个石雕兽头喷涌而出、声似虎吼的黑虎泉，还是"泉从沙际出，忽聚忽散，忽断忽续，忽急忽缓"的珍珠泉，只要你随着那涌动的泉水去遐想，只要你把目光渗透到大地斑斓的皮肤之下，就会感受到地层之中水在聚集、流淌，摇动着活泼的身躯，散发着清凉的气息。这是大地清澈的血液，它们在济南这块宝地上涌流而出，滋润着这座城市，滋润着生活在这座城市里的人们。

济南的泉水是生动的，一处又一处的泉池，给济南带来了灵气，也把这座城市装点得如江南水乡般灵秀。据说，北宋著名文学家苏辙就是因为倾慕济南的泉水之盛，才主动要求到这里任职的；另一位著名文学家黄庭坚，更是称赞济南"潇洒似江南"。但与江南不同的是，它的水不是来自江河湖泊，而是凭借南有群山的特殊地理环境，汇集天上的雨水于地下，又在这座城市的四面八方涌流成泉，冲刷成河，汇聚成了风光秀丽的大明湖……

有了泉水，济南活了；有了泉水，济南人笑了。

济南的泉水是深情的。这座城市，历来就有七十二名泉之说，而据有心人调查，仅老城区的趵突泉、五龙潭、珍珠泉、黑虎泉四大泉群，就包括了大大小小的泉池一百零八处。但这些泉池，与那些历朝历代被关在王府、锁在深闺、拘禁在大大小小的私家园林里的名泉相比，除了珍珠泉曾经地处官府之外，其余的全部是市井之泉、平民之泉，具有其他名泉所缺少的可亲、可贵的平民身份和平民情怀。它们遍布老城的大街小巷，有的就在寻常百姓的院落之中，向全城的民众敞开胸怀，与全城的民众共享欢乐。丰水季节，到处溪流淙淙、叮叮咚咚，小孩子们在那里嬉戏，大人们在那里淘米、洗菜、沏茶、聊天，大人孩子在泉水的陪伴下，都是满脸的滋润、一身的幸福……

我想，世界上可能没有哪个地方的人比济南人更加关心泉水了。每年的冬春时节，一到降雨减少、水位下降的时候，有多少济南人牵挂着泉水啊！特别是一听说趵突泉的水位降到警戒线了，济南人那个心焦啊，简直没法说。性情温和的，脸上布满了愁云；脾气稍微大一点的，忍不住就要骂人、骂天、骂龙王了。

泉水简直就是济南人的生命，他们的心跳无时无刻不在伴着趵突泉的节奏，既与之同喜，也与之同忧。如今，已经连续喷涌了五年多的趵突泉，再次展现它"云雾润蒸华不注，波涛声震大明湖""三尺不销平地雪，四时尝吼半空雷"的昔日盛景，已经成了每一个济南人共同的愿望和追求。你想，世界上还有哪一个地方的人比济南人更加关心泉水吗？

泉水是济南的灵魂啊，泉生济南！

2008 年 9 月 6 日，载于《时代文学》2008 年第 12 期

鸟巢

北方的初春，天还很冷，大地还是一片苍茫的孤寂。去年冬天落尽叶子的树木还没有发芽，枝杈黑苍苍的交织在一起。但毕竟已是吹面不寒的时节了，在原野上行走，脚下是松软的泥土，空气里有一种甜丝丝的香味；看漫山遍野，在苍黄的孤寂中，似乎激涌着一阵又一阵令人热血沸腾的躁动，那是树木在抽芽、花朵在含苞，是小草在拱出地面、鸟儿在抖落一冬的积尘……

我猛然觉得，春天并不是从原野上的一草一木开始的，它最先萌生在人们的心中。那是一种热切的期盼和焦急的等待。就在这样的期盼和等待之中，我惊喜地看到了春天一种别样的风景。

一个周日下午，我们驱车从外地赶回济南。五点多钟，正是夕阳欲落未落的时候，红红的阳光温暖着大地和天空，满车人都有些慵懒。就在这时，不知是谁不经意地说了一句："现在树上的鸟巢越来越多了！"一下子赶走了大家的倦怠，把每个人的目光都吸引到了车窗外面。可不是吗？沿路的树上，枝枝杈杈之间，不时闪现一个又一个鸟巢，有时甚至三五个排列在一起。它们有的搭在高高的树顶上，好像在随风轻轻摆动；有的搭在低低的树叉上，似乎一翘脚就可以触到。偶尔有几只喜鹊飞来，黑白相间的身影，披着夕阳的余晖，在空中掠出一道优美的弧线。它们环绕鸟巢翩然而降，忽地又站立枝头仰面高歌，空气里似乎荡漾着一波一波清脆、甜美的颤动。

　　在这样一个单调孤寂的季节，在这样一片无尽苍茫之中，这些鸟巢，给我们带来了一种异样的惊喜和感动，也把我带回了儿时的记忆之中。

　　记忆里的天，永远是瓦蓝瓦蓝的；树，永远是青绿青绿的；河水，永远是透明见底的；鸟儿，永远是快乐喧闹的。直到上世纪八十年代初我上中学的时候，还是那么醉心于家乡的纯净，提笔作文，常常不由自主地就写起了"家乡的小河"。河水哗哗地流淌，像一个酷爱音乐的乐手不知疲倦地弹奏；两岸树木茂密地生长，自由得有些放肆；杂草遍地，充满了原始的野性。当然，最吸引人的还是那精灵般的小鸟，还是那奇迹般搭建在树枝树叉间的鸟巢。那真是一种妙不可言的建筑！它是鸟儿用嘴叼起地上的一根根枯枝，结实地交织在树枝树叉间，形成的一个肚子略鼓、状似"葫芦"的巢穴，不管风吹雨打，始终稳居枝头。巢里铺垫着一些柔软的草屑，还有鸟儿脱落的羽毛，在寒冷的冬天给人带来一种发自心底的暖意，让人想到雏鸟降生在这样的巢穴里该是多么幸福！

　　其实，何止是在河边，村里村外、院里院外到处都是鸟巢，而麻雀的巢儿就在每家每户的屋檐下，燕子的巢儿就在许多人家的房梁上。我们常常一睁眼就在鸟儿的鸣叫声里，一出门就在鸟儿的陪伴之下。沿着村外的小道往前跑，"轰地"一群鸟飞过来了，"轰地"又一群鸟飞过去了，你张开双臂，真的有一种展翅欲飞的感觉。

那是一个鸟的世界！田野里，特别是那一块一块的菜地、谷子地里，都扎上了好多好多吓唬鸟的稻草人，它们戴着一顶破草帽，伸着长长的手臂，任风摇摆手中花花绿绿的旗帜，吓跑那些馋嘴的鸟儿。街头上，谁家扫开一块空地，晒上麦粒、谷子或者绿豆了，大人们安排一个小孩子，拿了一根长长的竹竿在那里轰鸟。孩子贪玩，又经不住烈日的暴晒，轰了一小会儿，就跑到树阴凉里看蚂蚁上树去了。成群的鸟儿飞来，在晒着的粮食上欢快地饱餐，叽叽喳喳，热热闹闹，全然没有一点儿顾忌。大人们跑过来了，一边老远地脱下鞋来，照着鸟群使劲地掷过去，一边指着孩子破口大骂。鸟群"轰地"一声飞走了……

那真是一个鸟的世界！连人们形容一个人的头发乱，都会说"像鸟窝一样"！丽日晴空下，所有的人都喜欢仰望蓝天，看整齐的雁阵，看散漫的鸟群，看三、五只鸟说着悄悄话飞向一片密林，看一只大鸟舒展双翅悠然地滑向天际。看鸟的人的心，也在与鸟一齐飞。

但到八十年代末，我在一所中学里教书的时候，学生们就很少再写到小河、写到鸟、写到鸟巢了。那个时候的小河，已被日益兴起的各类企业严重污染，很多断流甚至枯竭，勉强有水的也大都成了"酱油"色。河床、河堤被挖得千疮百孔，两岸的树木被成片成片伐倒，繁密的杂草日渐荒芜，鸟的天堂遭到了灭顶之灾！鸟巢一天一天地减少了，鸟群一天一天地消失了，偶尔飞过的鸟儿，叫声里也掺杂了凄凉的况味。再到后来，村里村外、院里院外、屋檐下、房梁上，就渐渐看不到鸟巢了。这种情形，一晃就是二十多年！

在二十年后的今天，在驱车返回济南的路上，在夕阳的余晖里，猛然间看到了这么多久违的鸟巢，欣喜之情真是难以言表！你看，它们高低错落地排列在公路两旁的树枝树叉上，多像五线谱上欢快跳动的音符！虽然还显得有些稀疏，虽然还远没有形成热闹的气氛，但在这寒气未消的北方大地，它却那么耀眼地矗立，分明地昭示着春天的气息与活力！更令人兴奋的是，我们进入了车水马龙的经十东路，在路的两边，在一座座拔地而起的高楼大厦面前，依然可以不时地看到鸟巢。哦，这些鸟儿们已经不再满足乡间熟悉的风景，它们探头探脑地将自己的巢穴构筑在了城市的边缘，带着新奇的目光感受这份喧闹与繁华。而所有看到鸟巢的人，目光都是喜悦和温存的。

我忽然想到，为什么设计师把北京奥运主体场馆设计成"鸟巢"的形状，会赢得亿万中国人民的一致赞美？也许不为别的，就是因为其中寄寓了全体国人的一个新的梦想——渴望通过"绿色奥运"的举办，追回一个绿色的家园！

春天就要来了，梦也已经开始。鸟巢，你这充满了国人热切期盼的跃动音符，就请更多更多地走进我们的视野，走进我们的生活吧。我们需要你、欢迎你，更愿意真诚地陪伴你！

2008 年 2 月 4 日，载于《山东文学》2008 年第 5 期

唯有垂柳
最多情

前些日子，网上看到阿来的一篇博文，记述他病后访问成都腊梅的事情，说意欲写一组"成都物候记"，配以照片，图文并茂地展现他所居住的城市一年四季的风貌，心里颇为赞成，也颇为喜欢。

今天是 2 月 11 日，农历腊月二十八，再过两天就是大年初一了。这个时候，正是每一个在外工作的人最为想家、着急回家的时候。不巧的是，昨天晚上下了一场大雪，阻断了不少地方的交通，给人们出行增添了很多困难，因此，好多的人只能"望雪兴叹"了。我则因为工作原因，非到年三十不能离开，想象那时雪也就化得差不多了，心里便很轻松，照常上班、下班，不仅没有觉出这雪天的不便，反而感到这实在是老天爷赐给这个春节的最好的礼物。

就在这样的心境中，我想起了阿来的"成都物候记"，下班回家，就坐在窗前细细观察起我们小区楼前的风物来。

我所居住的这个小区，在济南南部卧虎山西侧，当年建设时尚属郊区，十余年过去已是城里。因为是独门独院，又在一个半山坡上，没有多少市声的嘈杂。我们的楼前是一座开放式花园，面积不大，却很精致。中间一个曲折回环的水池，有喷泉之类；四周栽了不少树，高低错落，十分相宜。我的植物学知识十分匮乏，对大多数树种都叫不上名字来，只认得剪成大大的圆球状的冬青和高高的雪松，再就是垂柳——这是济南的市树，它之所以得到如此的追捧，当然是得益于刘鹗在《老残游记》中关于济南"家家泉水，户户垂杨"的描述。

厚厚的积雪覆盖着这个小小的花园。池水上结着厚厚的冰，积着洁白的雪，三个孩子在上面追逐嬉戏、滑来滑去。那个穿红羽绒服的小女孩摔倒了，爬了两回都没有爬起来，两个小男孩跑到池边的树底下拍着手直跳。我隔着窗子听不见他们的声音，但知道那一定是一阵又一阵欢快的笑声。雪松和冬青南面是三五棵垂柳，在红中带黄、似红似黄的夕阳照耀下，竟然显出了一种淡淡的暖意。远远地望去，她的颜色是那样朦胧，苍黑中带着土黄，土黄中泛着淡绿，似有若无，似无若有，让人捉摸不定；她的身姿是那样不可思议，在这样零下五六度的低温下，在凛冽的寒风中，在周围的落叶树枝杈都如钢筋铁骨般的背景前，飘来摇去，尽显妩媚与柔情；她的神情是那样迷离，似有若无的色彩和飘摇婀娜的身姿，幻化出一双又一双充满神秘气息的眼神，摄人心魄，摇人心旌。我不知道蒲松龄笔下的柳仙是什么样子，也不知道老先生是否把她写成了柳妖，但眼前的这几株柳树，既清晰又模糊，既明丽又迷蒙，在我眼里弥漫了一股浓浓淡淡的"仙气"。

回到书桌前，屈指一算，立春已经过去一个星期了。哦，终于明白了，今年的春天来得早啊，柳树作为最早知春、最先报春的物种之一，她哪里是在传达什么神秘和蛊惑，她是在用自己的色彩、身姿和神情向人们传递春的消息啊！

遥想那久远的古代，真正的春节并不是农历新年，而是立春之日。

春节原本就是立春之节。作为二十四节气中的第一节，立春就是迎春的节日。"一年之计在于春"啊，古代的帝王都深知这个道理，他们在立春前三天就要开始斋戒，"立春之日，天子亲率三公九卿诸侯大夫以迎春于东郊"（《礼记·月令》）。而从宫廷以降，尤其是在民间，家家户户、男男女女迎春、寻春、踏春、送春，又是一番多么宏大、多么热闹、多么欢乐的场景。

久居城市，我们已经有多少年没有留意春的消息了呢？我几乎不曾知道垂柳什么时候发芽，小草什么时候泛绿，红梅什么时候绽放，桃花什么时候艳如彩霞，杏花什么时候白如积雪，玉兰什么时候挂满枝头，迎春和连翘什么时候遍布山野……心灵久已被这钢筋水泥锈蚀了，久已被这烟气尾气熏染了，久已被这酒楼餐馆迷乱了，久已不能活泼泼、扑楞楞地跳动了。是得是失、是苦是乐、是悲是喜，相信每个人都在内心深处有着自己的酸甜苦辣，无法言说……

而我，在这样一个冬雪的下午，十分地感谢阿来，感谢垂柳。是阿来，启发我去寻找难得一见的物候，寻找放松自己心灵的憩园；是垂柳，给了我朦胧的春的色彩、春的身姿和春的神情，给了我隔着窗子亲近自然的场景。

我感谢他们，因为唯有阿来最多情，唯有垂柳最多情。

窗外的小翠鸟

入夏以来，每天清晨五点多钟，我总被窗外的鸟叫声唤醒——

"啾啾，啾啾。""啾啾，啾——"

"啾啾，啾啾。""啾啾，啾——"

是两只小鸟，一问一答，一唱一和。它们或许也是刚刚被晨风唤醒，一睁开眼睛，就抖擞着羽毛，在密叶丛中，在熹微的晨色里，互致着问候。

这是一对兄妹，还是一对情侣？或者是朋友、同伴？哦，其实这些并不重要。你听，它们的叫声，起初还有点儿朦胧，像是微雨洒过湖面、清风掠过木杪，现在是越来越清脆、越来越明亮、越来越甘甜了："啾啾，啾啾""啾啾，啾——"像明月下的山间小溪，在欢快地流淌。多么美啊！

就是在这样一个又一个美好的清晨，我懒洋洋地躺在床上，品味它们的欢乐，享受生活的惬意。不必去开窗寻找它们，我知道，窗外是一株樱花、一棵玉兰，玉兰的香气和樱花的烂漫早已留给春天了，它们在这炎夏清凉的早晨，都在伸展着枝叶，拂动着绿意。那么，在这清新可喜、生机蓬勃的绿色之中，怎能没有灵动的鸟儿、没有悦耳的歌声呢？

我猜想，那两只鸟儿，大概是在玉兰树的绿叶之间吧，当然也可能是在樱花树上；或者是在玉兰和樱花树间飞来飞去，玩起了捉迷藏的游戏……

有几天早上下雨，这"啾啾，啾啾""啾啾，啾——"的声音令人失望地消失了，它们是到房檐下躲雨了，还是在绿叶丛中相互依偎着呢？我打开窗四下里寻找，只有雨点打落在玉兰和樱花的绿叶上，只有噼里啪啦乱糟糟的雨声。没有鸟鸣的清晨太孤寂了！望着眼前的雨幕，我似乎感觉它们也正在某个地方想念着这两株绿树呢。

就是在这样一个夏天，听窗外的鸟鸣，已然成了我生活的一部分；那两只小鸟，也俨然成了我不可缺少的同伴和朋友。那叫声，常常给我一种梦幻般的感觉，让我分不清是睡是醒，是梦境还是真实的生活。但我喜欢沉浸在这样的"梦"中，享受片刻的安宁和美好。其实，世间所有美好的东西都可以使人入梦，一片绿叶、一缕清风、一声鸟啼，一杯清茶、一个问候、一次热烈的拥抱，只可惜我们做"梦"的机会和时间是越来越少了。

我至今还不知道那两只鸟儿叫什么名字，但我总会从它们的叫声里，自然而然地想起了冰心先生的《我梦中的小翠鸟》："这只小翠鸟绿得夺目，绿得醉人！它在我掌上清脆吟唱着极其动听的调子。那高亢的歌声和它纤小的身躯，毫不相衬。"于是我感觉，这两只小鸟应该也是小翠鸟，而且就是冰心先生梦中的那种小翠鸟。我甚至觉得，这两只小翠鸟的叫声，就是冰心先生梦境的延续。

——因为我知道，有些美好的梦境是可以延续的。

2010年6月9日，载于2010年7月23日《大众日报》丰收副刊唐冶？唐冶……

看到这个题目，有些读者可能会觉得奇怪，又是问号又是省略号的，是什么意思啊？且听我慢慢说来。

唐冶？你知道唐冶在哪里吗？唐冶又是什么意思呢？在那天陪一位作家朋友去唐冶采风之前，我们都是一无所知的。要知道，我居济南已经十余年，那位作家朋友则已经在这里生活了近三十年了。接待方发来了详细的行车路线，并且几次电话联系，司机甚至用上了电子导航，我们还是费了很大周折。但到了之后我们发现，这里离济南市区并不远啊，路也好走，怎么竟找不到呢？看来，还是它的知名度太小了。

说唐冶名气太小，似乎有点对不住它。资料介绍，唐冶街道成立于2010年5月，是济南历城区的东部重镇，"绕城高速东线纵贯南北，世纪大道横跨东西，境内多条道路纵横交错，四通八达，交通十分便利"，"辖区内有唐冶新区和雪山片区两大发展中心，未来这里必将成为济南东部新区建设的先行区和示范区"。看看采风活动的主办方播放的宣传片，规划设计中的唐冶，条条道路平坦宽阔，座座高楼拔地而起，巍峨壮观的政务中心、商务中心、科技中心等，都展示了这个新区的美好未来。

但看着看着，还是让人有点小小的不满足，我们不禁想问：这样建成后的新区，与那些处处钢筋水泥、玻璃幕墙、霓虹闪烁的城市又有什么不同呢？唐冶靠什么成为"唐冶"，亦即靠什么区别于别的地方呢？

主持活动的阴波先生似乎看到了这一点，笑着对大家说："今天请大家来，就是商量唐冶建设与发展中的文化保护、挖掘与传承问题。文化是一座城市、一片新区的灵魂，文化浸润中的唐冶才是不同一般的唐冶，才是有着独特风韵的唐冶。"

阴波先生的话音刚落，现场气氛顿时活跃起来。因为他的话不仅解决了我们心中的疑问，而且在新区建设之初，就请我们这帮喜欢谈玄论道的文人墨客来此对文化的事情说三道四，也是我们始料未及的。根据我的经验，那些所谓重视文化的地方，至多也是在钢筋水泥的"森林"已经形成之后，再来搞点文化的盆景做点装饰、点缀而已。这时，我开始对这里的主政者有些佩服起来。

更加巧合的是，主持此事的阴波先生，对我来说还是一个熟悉的陌生人。因为好多年之前，我就知道他的大名。那时他在长清工作，曾力主在诗人徐志摩的罹难地长清北大山建立了徐志摩纪念公园，既使一代诗魂的英名在此铭刻，也为济南的山水增添了浓厚的诗意；后来他调往历城工作，又把眼光投向了古享大名、今渐不彰的华不住山，借李白畅游华不住之后写下的诗篇和赵孟頫著名的《鹊华秋色图》，以及众多文化遗迹和民间传说，极力宣传此山。同时，疾声呼吁整治华不住的周边环境，恢复名山应有的光彩和尊严，力图把这座山打造成济南一个新的地标。

今天，阴波先生又开始琢磨唐冶新区的文章了。这里有唐太宗李世民在此冶炼兵器的传说，故名"唐冶"；这里有唐冶老村，古井、老宅和古树透露着历史的沧桑；这里还有武将山、灵鹫寺、章灵丘的传说，孝子牌坊的故事，也给这方土地蒙上了一层神秘的色彩。如果这些在新区建设中能够得到应有的保护、挖掘、整理和传承，那么，将来的唐冶新区一定别有一番风采，一定会如阴波先生所说，成为一座浸润在文化之中的、有着独特风韵的新城。

我想，那个时候，这片居于济南与章丘之间的新区，将融现代气息与古朴风貌于一体，既沐浴着时代的新风，又充满着浓厚的历史文化气息，成为济南一个独特的文化符号，吸引更多的人驻足、流连。那个时候，我心目中的唐冶自然也就没了"问号"，而是一个长长的"省略号"了。那个省略号，是我对新唐冶的美好期待。

2013 年 12 月 10 日

第四辑

　　我居济南十五年，时间不能说很短，可若让我说一说历城，还真不知从何说起。我甚至连她的区划范围也不太了解。其实，生活在一个设了很多区的城市里的人，并没有多少"区"的概念。只有机缘巧合，深入到了她的细部，才会感受到她的不同凡响之处。

　　这一回，我们几个朋友相约，在历城的土地上行走，并且阅读了一些关于历城的书籍，不禁对我们的孤陋寡闻感到羞愧起来。她可真不是一个简单的"区"，她是一部活生生的中华文化史啊。单从这一点上，她也不愧"齐鲁首邑"的美誉。既是中华文化，那就当然不只是儒家文化，甚至不只是儒家文化、佛教文化和道教文化，还有伊斯兰文化和深厚的民俗文化，甚至还有异域文化。更为重要的，这些文化可不只是写在纸上、传于口耳之间的，它们都在这片土地上留下了自己丰厚的历史遗存。

　　那么，我们从哪里说起呢？闵子骞，当然是闵子骞，孔门七十二贤之一。虽然历史已经过去了两千五百多年，但他的事迹依然为人熟知。他幼年丧母，饱受后母虐待。冬天到了，后母给自己两个亲生儿子做的是丝絮棉衣，在他的棉衣里填充的却是根本不能御寒的芦花。后来父亲发现了，一怒之下要休掉后妻，闵子骞对父亲说："后母在，只是我一个人受寒；如果赶走了后母，我们兄弟三人就都没人管了。"他自己忍寒受冻，无怨无悔地维护着这个家庭，可谓大德至孝。这种德孝，不仅感动了后母，也感动了他的老师孔子，感动了天下所有的人。孔子称赞他："孝哉，闵子骞！"在中国历史上，他既以德行与同为孔门弟子的颜回等并称，又被列入了"二十四孝"之中。细细查究所谓的"二十四孝"，我感觉其中有些过于神异，如舜的"孝感于天"；有些过于滑稽，如老莱子的"戏彩娱亲"；有些则十分恐怖，如郭巨的"埋儿奉母"。只有少数几个是符合人情事理的，闵子骞便是其中之一，直到今天仍不失其光彩。现在，闵子骞墓就在济南百花公园西侧，墓旁的大道则叫闵子骞路。作为儒家孝德文化的代表，他使济南这座城市笼罩了浓浓的温柔敦厚的气息。

我们由闵子骞墓往东北而去，不久就会来到济南著名的华不注山下。山下有著名的华阳宫，宫中有著名的四季殿。四季殿东西两侧有忠、孝二祠，孝祠里供奉的就是闵子骞。华不注山是道教名山，华阳宫是道教名宫。让人称奇的是，在这样一座道教宫观里，不仅供奉着孔门弟子闵子骞，而且还有一座净土庵，有观音地藏王殿。儒、释、道三家在这里和谐相处，倒也其乐融融，显示了我们中华文化和民族信仰的独特景观。

在唐代大诗人李白眼里，在一片漫漫平川之中孤峰挺立的华不注山，就像一朵含苞欲放的荷花，实在太峻秀潇洒、引人入胜了。他在《昔我游齐都》中写道："昔我游齐都，登华不注峰。兹山何峻秀，绿翠如芙蓉。萧疯古仙人，了知是赤松。借余一白鹿，自挟两青龙。含笑凌倒景，欣然愿相从。"据说，李白曾两度来到济南历城，并在济南紫极宫举行了入道仪式，由著名道士高如贵主持。作为一个有专业"证书"的入道之人，他对华不注山情有独钟是完全可以理解的。而山下的华阳宫，则是李白之后五百余年的 1220 年，由全真教宗师丘处机的弟子陈志渊创建。这里是济南最古老的道教宫观，曾被誉为"济南巨观"，并被比作"苏州虎丘"，在中国道教史上占有一席之地。现在，年久失修的华阳宫已经整修一新，与孤峰兀立的华不注山相映成趣，正在焕发出新的生机。

与道教文化相比，佛教文化在历城的传播更为广泛，其建筑遗址也更为久远。位于历城南部山区的神通寺遗址，前身是始建于东晋初叶的郎公寺，距今已有一千六百多年的历史。郎公寺以其创建人朗公而得名，是山东最早的佛教寺院。北周时期，因周武帝大规模灭佛横遭洗劫；隋代重建，改名为神通寺。公元 601 年，隋文帝送舍利于全国三十座寺院，神通寺建灵塔以供奉，四门塔应运而生。其后，在历代兴佛与毁佛的交替中，在一个王朝末年战火的劫掠与新王朝的兴起中，神通寺几经毁废和重建；清代乾隆年间，才彻底败落下来。

而今，历史上的神通寺虽然只剩下了一些遗迹，但建于隋大业七年（611 年）的四门塔依然矗立在群山环抱之中。这是我国现存最古的亭阁式石塔，也是我国第一批重点文物保护单位。它因四面各有一个半圆形拱门而得名。它的精美的建筑艺术，一直为中国和世界瞩目。20世纪 20 年代日本出版的《世界美术全集》中就说"在石筑之单层塔中，可谓无与伦比者"。"无与伦比"，这是多么高的评价啊。

走出神通寺遗址，我们不妨到位于仲宫镇北村老街北首的清真寺看看。这座清真寺始建于清乾隆年间，是近三百年来附近回族同胞进行宗教活动的场所。回族是中华民族的重要一支，伊斯兰文化也是中华文化的一个组成部分。它的存在，使历城文化更加色彩斑斓、丰富迷人。

当然，我们也不能忘记遍布于历城乡间的古街、老桥、祠堂、故宅，深厚的传统、淳朴的民风，像久远的时光一样，从这些饱经沧桑的地方弥漫出来，让人感受到历城的浑厚与博大。

我们也不能忘记位于洪楼广场北面的天主教堂，这是一座典型的欧洲哥特式建筑群，是当时华东地区最大的一座天主教堂。中华文化，从来都是海纳百川、兼收并蓄的，这是一种胸襟和气度，是一种真正的包容和自信。更为重要的是，洪楼天主教堂的设计虽然出自奥地利修士之手，建筑却是由我们当地的工匠完成的。这是中西两项技艺、两种智慧的一次紧密握手，让人赞叹和回味。

我们更不能忘记曾经生活在这个地方和到此为官、游历的名人贤士，房玄龄、李白、杜甫、苏轼、苏辙、曾巩、辛弃疾、元好问、赵孟頫、张养浩、李攀龙、王士禛、蒲松龄……这是一个长长的名单，我们无需一一排列下去，也一时排不完整。这个名单说明了什么？说明了历城自古以来就拥有的巨大吸引力。

历城吸引人们的是什么呢？我想应该很多。我今天只是写了一点文化，写了历城丰富文化内涵的沧海一粟。你要想了解更多，还得亲自来走一走，找点书读一读……

2018 年 5 月 16 日于济南垂杨书院，载于 2018 年 9 月 3 日《齐鲁晚报》华不注副刊

大孝大义
闵子骞

　　因为时代过于久远，要想还原出历史上那个真实的闵子骞几乎是不可能的。根据一些片段的史料我们知道，闵子骞，名损，字子骞，春秋战国时鲁国人（有人说就是现在的济宁市鱼台县大闵村人），曾一度迁居宋相邑之东（即今安徽宿州闵贤集），后来隐居于济南华不注山下。闵子骞大概最后就死在济南一带，据说他先是埋葬在华不注山下，后来又迁葬于今天济南的闵子骞路以东、百花公园西邻。在安徽宿州闵贤集也有一座闵子骞墓，"闵墓秋风"还是宿州八景之一，但一般认为那可能是他的衣冠冢。

　　给闵子骞带来千古盛名的是孔子的赞语。作为孔门七十二贤之一，他以德行与颜渊、冉伯牛、仲弓并称，尤以孝行著称于世，后来被列为古代"二十四孝"之一。孔子称他："孝哉，闵子骞！人不间于其父母昆弟之言！"这句赞语，来源于尽人皆知的"鞭打芦花"的故事。据说，闵子骞幼年丧母，后母生下两个儿子后，经常虐待他。冬天到了，她给自己的亲生儿子用丝絮做棉衣，而给闵子骞填充的却是根本无法御寒的芦花。有一天，父亲让三个孩子一起驾牛车外出，两个小儿子还没觉得怎么冷，闵子骞已经冻得手抓不住缰绳了。父亲不知道什么原因，就一边生气地责骂闵子骞，一边用鞭绳抽打他，不料棉衣抽绽，露出芦花，终于真相大白。父亲怒不可遏，赶车返回，决意休掉后妻。闵子骞跪在地上对父亲说："后母在，只是我一个人受寒；如果赶走了后母，我们兄弟三个就都没有人管了。"后母知道了这件事情，深受感动，终于成了三个孩子的慈母。闵子骞从此孝行名满天下，直到今天仍然深受人们的景仰。

据说，"鞭打芦花"的故事就发生在闵子骞一家迁居安徽宿州之时，那个地方被后人称作"鞭打芦花车牛返村"。宿州乃至安徽人民也一直为这里曾经生活过这样一个孝子而自豪，不仅千古传诵闵子骞的故事，而且将"鞭打芦花"作为民间文学，列入了安徽省首批非物质文化遗产名录。

给闵子骞带来千古盛名的还有司马迁的感慨。他在《史记·仲尼弟子列传》中称赞闵子骞："不仕大夫，不食汙君之禄。"这番感慨，应该是指闵子骞不受季氏利用的故事。据说，当时的鲁国大夫季氏企慕闵子骞的才德，曾派人请闵子骞到他的采邑——费邑（今山东费县）去做邑宰，但闵子骞觉得他是一个篡夺了鲁国国君大权的人，于是一口回绝了。根据相关史料，他后来还是在老师孔子的劝说下，勉强做了费邑的邑宰，据说还很有政绩，但最后还是因为看不惯季氏的行为，毅然辞职，追随孔子周游列国去了。这个故事使我们进一步了解了闵子骞，他不仅大孝，而且大义，堪称中国古代一个集"孝""义"于一身的杰出人物。

写到这里我蓦然发现，给闵子骞带来千古盛名的，并不是孔子的赞语和司马迁的感慨，而是他自己不同凡响的作为。正是靠了自身的努力，他作为孔子最优秀的学生之一，才被列为圣门十二哲之首，并且历朝历代都得到了极力的颂扬。从他的墓葬来看，除了济南和宿州之外，据说江苏萧县和河南范县还各有一处；在他曾经为官的山东费县，还有其长子所居的闵子庄闵子祠遗址；他的家乡鱼台也打出了"孝贤故里"的招牌，并且开始筹办首届中国（鱼台）孝贤文化节，评选"山东省十大孝星"……

我想，探讨这些墓、祠的真伪，以及举办这些纪念活动的依据虽然重要，但并没有多少实质性意义，当地的人们千百年来口耳相传、信以为真，所关注的并非历史的遗存，而是他们所尊崇的那个主人。在这些纪念地，也许已经没有什么恢宏的建筑，只是一些残破的遗址；甚至连半点遗迹都找不到，只有一些渺不可寻的传说罢了。其实，这并没有什么可遗憾的。风雨千年，沧海桑田，真正的丰碑，永远都是建立在人们的心上的。

载于 2008 年 8 月 30 日《联合日报》文史周刊

我在济南的街头，问过十几个人"知道不知道秦琼秦叔宝"，有八九个说知道；我问"知道不知道秦叔宝是济南人"，却只有两个对我点头。这让我感到奇怪，因为我觉得秦叔宝应该是济南居民耳熟能详的人物；这也逼着我去查阅史料，因为我所知道的也不过一鳞半爪。

最早知道秦叔宝，是在民间传说中。他和程咬金以及那个被塑造为"白袍小将罗成"的罗士信，在隋朝末年的乱世之中，经过无数血战脱颖而出，成为叱咤风云的一代英雄。其中的秦叔宝，无疑是最引人注目的。至今广为流传的"为朋友两肋插刀""贾家楼结拜"等脍炙人口的故事，更使他成为山东好汉的典型代表。今天的济南，还有一些诸如秦琼拴马槐、秦琼府、秦琼墓等所谓历史遗迹，虽然都考之无据，但老百姓却深信不疑，这也充分说明了千百年来人们对他的崇敬和喜爱。这是一个理想的忠勇形象的化身！他在人们的美好愿望中逐渐升华和神化，最终与初唐另一名将尉迟恭一起，走上了千家万户的门扉，成为呵护黎民百姓、深受民众爱戴的"门神"。

正史中的秦叔宝，或许更符合历史的实际。据说他的父亲是个铁匠，他过人的勇力大概是从小练成的。隋朝大业年间，他为隋将来护儿所用，深得器重。他的母亲去世时，来护儿曾打破常规，亲自派人前去吊唁，令众军士十分不解。来护儿断言："此人勇悍，加有志节，必当自取富贵。"隋末世乱，义军蜂起，作为隋朝将领的秦叔宝，在与各路义军几经交战之后，最终也汇流到了风起云涌的起义大潮之中，先是与程咬金、罗士信追随李密扬威瓦岗寨，后又一起走到了秦王李世民的麾下，为唐王朝的兴起立下了汗马功劳。在长期的征战之中，他因屡建奇功多次受到奖赏和提升。李唐王朝建立之后，他在诸王争夺皇位的斗争中，更是坚定地站在秦王一边，为李世民最终登上皇帝宝座作出了重要贡献。太宗即位后，他被拜为左武卫大将军，赐封七百户，世称"秦武卫"。后来又图画凌烟阁，成为受人尊崇的开国重臣之一。秦叔宝晚年，因战伤累累而多病缠身，贞观十二年（638）因病去世，死后赠徐州都督、封胡国公，并陪葬李世民的昭陵。从他的简单经历中我们可以看出，他的一生走过了从隋朝将官到义军将领、再到大唐开国元勋的复杂过程。

历史上的秦叔宝以"勇"著称，据《隋唐嘉话》记载，"秦武卫勇力过人"，他所使用的枪就非同一般。在跟随秦王攻打王世充时，他曾飞马城下插枪于地，城里出来几十个人，"共拔不能动"，而"叔宝复驰马举之以还"，实在令人惊异。但我觉得，他之所以能够创出如此伟业，并非单靠这种过人的"勇悍"，而是像来护儿所说的有可贵的"志节"。因为"勇悍"是力量的表现，而"志节"却是道义的选择。在那样一个纷繁复杂的历史转折关头，秦叔宝能够最终走上正途，说明他是一个有着自己理想追求的勇士，而不是一介头脑简单的武夫。"勇悍而有志节"，或许就是这个铁匠的儿子能够取得如此成就的根本原因，也是人们把他奉为"门神"、顶礼膜拜的根本原因。

载于 2007 年 12 月 28 日《齐鲁晚报》青未了副刊

唐初名相房玄龄（579—648），齐州临淄人。由于齐州济南郡在唐代某个时期曾一度改称临淄郡，因此新旧《唐书》所说的"齐州临淄"，也就是今天的济南。这个唐代先贤的盛名和事迹，随着长篇电视连续剧《贞观长歌》的播出，已经为人熟知。而他于正史之外的一些轶事，读来也令人感到饶有兴味。

隋文帝开皇十八年（598），房玄龄被本州举荐，离乡赴京。那个时候，科举制度还处于草创时期。按照当时的选人办法，被各地举荐的人才，要先经过以策论为主的考试，中第后再由吏部铨选、授以官职。据《隋唐嘉话》记载，那年主持诠选的是吏部侍郎高构，他一见房玄龄和杜如晦，"愕然端视良久，降阶与之抗礼，延入内厅，共食甚恭"，并预言他们都能够通达显赫、"位极人臣"。一个主考官如此礼贤下士，一方面说明他确有识人慧眼，另一方面也说明房玄龄和杜如晦确属青年才俊，卓然不群。这两个人后来成为唐太宗李世民的股肱重臣，绝不是偶然的。

也许正是因为房玄龄早年就与杜如晦相知甚深，因此，当他率先进入李世民的幕僚集团后，最先向秦王李世民举荐的就是杜如晦。当时的秦王，眼看着不少有用之才都追随着太子李建成及其他政治上的对手，"深患之"。但房玄龄则对李世民说："余人不足惜，杜如晦聪明识达，王佐才也。"力荐杜如晦进入了秦王幕府。李世民登基后不几年，房玄龄、杜如晦经过屡次升迁，分别被任命为尚书左、右仆射，同朝拜相，以自己的政治才能实现了高构当年的企愿。但可惜的是，杜如晦不久就因病而免，并且很快地与世长辞了。他死后，李世民十分悲伤，"太宗食瓜美，怆然思之，遂辍其半，使置之于灵座"。这样做，固然有李世民讲究政治艺术甚至可以说"作秀"的成分，但也不乏真情流露，我们从中还可以体味到李世民对杜如晦的引荐者房玄龄的尊重。

唐太宗对房玄龄是充分信任的。贞观十九年（645），他带兵征战辽东之时，曾命房玄龄留守京城，并特地敕命他可以自行处置朝廷事务。有一天，有人自称有密报上报朝廷，房玄龄问他告发谁，那人说告发的就是房玄龄。他为避嫌疑，直接派人把告发者送到了太宗的驻地。太宗闻听大怒，当即将那个告发者"腰斩"；同时下诏，责备房玄龄不能果断行事，要求他今后遇到这种情况，应当"专断之"。太宗的诏责，实际上体现了他对房玄龄的信赖和关爱，同时也显示了一个政治家的政治艺术和政治胸怀。

其实，就房玄龄的性格来讲，太宗的诏责也不无道理。他虽然长期居于高位，女儿是韩王的妃子，儿子房遗爱则是高阳公主的驸马，堪称权倾朝野，但事事小心谨慎，待人忠厚诚恳，很少露出什么锋芒。《旧唐书》称赞他"有识者莫不重其崇让"，确实抓住了他"温良恭俭让"的性格特点。这种性格特点，使他追随李世民三十多年、身居高位二十多年，一直仕途畅达。但从另一个方面来看，与魏征等敢于直谏的大臣相比，他又似乎太过于明哲保身了。据《隋唐嘉话》记载，唐太宗曾对他说："以铜为镜，可以正衣冠；以古为镜，可以知兴替；以人为镜，可以明得失。朕尝宝此三镜，用防己过。今魏征殂逝，遂亡一镜矣。"这段话，固然主要是对魏征的高度赞美，但仔细琢磨，似乎也包含着一些对房玄龄的委婉批评。毕竟，堪为明镜，使皇帝知道自己治政得失的，在唐太宗眼里只有魏征一人而已。

这种性格特点，或许与他有一个性格刚烈的妻子不无关系。据说他的妻子"妒性"很大，房玄龄非常"惧内"，甚至对于太宗赐予的美人也不敢接受。太宗无奈，只好让皇后亲自去做工作，但也被他的妻子一口回绝。太宗没有办法，就假装生气地派人对她说："你如果还不答应，就只有去死了！"随即把一碗"毒酒"端出来威胁她，没想到她竟抢过去一饮而尽，毫无惧色。太宗只好自我解嘲地说："我尚且害怕这个婆娘，何况房玄龄呢！"算是彻底服气了。在当时的社会制度下，三妻四妾本来是一件很正常的事情。也许正是基于这一点，《隋唐嘉话》的作者过多地看到了房玄龄妻子的"妒性"，并以此作为笑谈记录了下来。但我们今天看来，有这样性格刚烈的"内助"，对一个官员来说未必不是一件好事。房玄龄的功成名就，应该与此不无关系。

载于 2007 年 9 月 1 日《联合日报》文史周刊

唐代的济南名士：崔融

"海佑此亭古，济南名士多。"这是唐玄宗天宝四载（745）夏天，杜甫在齐州（今济南）写下的《陪李北海宴历下亭》中的一句。诗人赞美的"济南名士"，从古至今，何可胜数！而那个与他的祖父杜审言十分友善，且一同与李峤、苏味道并称为"文章四友"的崔融，理应是这次杜甫和北海太守李邕宴饮时谈论的"济南名士"之一。因为后来杜甫在《八哀诗·赠秘书监江夏李公邕》中，曾专门忆及当年在济南与李邕谈论崔融的情景。

崔融（653—706），字安成，唐代齐州全节人。全节，唐初称平陵县，治所在今济南章丘。贞观十七年（643），齐王李祐反，平陵人坚决抗争。反叛平定后，朝廷为表彰平陵人的气节，改称全节县。

从新旧《唐书》可知，崔融自小好学上进，并且顺利地应举中第。但何时中第，不得其详。我们所知道的是，崔融中第后，几经升迁，做了"宫门丞，兼直崇文馆学士"。这两个官职，都属于太子东宫。其中的崇文馆，是始设于贞观年间的太子学馆。崇文馆学士，就是专司掌管东宫经籍图书，并且教授崇文馆诸生的官员。可见崔融一入仕，就以文采被选入当时的最高教育机构。

中宗李显为太子时，崔融为侍读，并且兼任为李显起草各种公文的官员，那时太子东宫的各种文件，不少都是他的手笔。史料记载，唐高宗永隆元年（680）八月，太子李贤被废，李显被立为太子。崔融侍读东宫，应该就在这个时候。683年十二月，高宗李治病死，中宗李显即位，但到次年二月却因故贬为庐陵王，皇位被睿宗李旦所取代了。这个时期，皇帝的废立，全由他们的母亲武则天说了算，实际的政权也掌握在武氏手中。睿宗虽然上了台，也不过是个傀儡而已。到了690年，武则天大概嫌这个傀儡也有些碍手碍脚，于是干脆易唐为周，改元天授，号"圣神皇帝"，直接坐上了帝王的宝座。

684年李显被废以后的几年间，崔融的经历无迹可循。也许他又陪伴了被赶下皇位的李显一段时间，然后不知道在哪一年，去做了"魏州司功参军"。直到后来武则天到嵩山，见到他所撰写的《启母庙碑》，"深加叹美"，他才由此被武皇发现，由魏州司功参军迅速晋升为"著作佐郎"。尔后，又晋升为凤阁舍人，即中书舍人。

据史料记载，武则天登基后曾多次到过嵩山，其中比较重要的有两次。一次是万岁登封元年（696）十二月，她封嵩山，禅少室山，改元万岁登封。另一次是圣历二年（699），她再次出游嵩山。但崔融是哪一年得到武则天赏识的，历史记载多有矛盾。值得我们注意的是，696年五月，发生了契丹攻陷营州的军事危机。七月，朝廷任命梁王武三思为榆关道安抚使，东征以防契丹，崔融随军出征。从当时陈子昂的《送著作佐郎崔融等从梁王东征》，以及杜审言、戴叔伦的送别之作来看，他在696年已经做了著作佐郎。如此说来，崔融得到武皇帝的赏识，应该是在万岁登封元年（696）。

受到当朝皇帝的重用，当然是一件好事。但福祸本来就是相伴相生的。崔融的升迁，也使他和当时的不少文人学士一样，因为攀附武氏的宠臣张易之、张昌宗兄弟，留下了一段为人诟病的经历。武则天万岁通天二年（697），太平公主引荐张昌宗、张易之兄弟为宫廷小吏，实际上就是给已经七十五岁的武皇找了两个面首。但这两个面首并不安心于做面首了事，而是有着极强的权力欲望。他们获得则天皇帝信任之后，不仅直接参与政事，而且阻塞重臣与武皇联系的渠道，并大力网络党羽。崔融本来与张氏兄弟没有什么瓜葛，700年，他还因事惹怒了张昌宗，被贬为婺州（今浙江金华）长史。但令人奇怪的是，没过多久，张昌宗的怒气就消了，崔融旋即被召为春官郎中，知制诰。长安二年（702），再迁凤阁舍人。翌年，兼修国史。我们今天猜想，其中固然有崔融才华横溢的原因，但与他主动投靠张氏集团恐怕也不无关系。《新唐书》说："张易之兄弟颇延文学士，融与李峤、苏味道、麟台少监王绍宗降节佞附。"可见对他的这段历史评价不高。

好在没过几年，到神龙元年（705）正月，张柬之等人拥重新被立为太子的李显发动政变，杀张氏兄弟，女皇被迫让位。这年十一月，八十三岁的武则天病死，从而结束了她传奇的一生和她所创造的传奇的历史。在这个过程中，崔融也受了张氏兄弟的牵连，被贬为袁州刺史；但没有多久即被召回，"拜国子司业，兼修国史"。国子司业，是国子监稍低于主官国子祭酒的次官，堪称位高人显。此后不久，他又因为修《则天实录》劳苦功高，被封为清河县子。中宗神龙二年（706），因"撰（则天）哀册文，用思精苦，遂发病卒，时年五十四"，实际上是累死在修史的岗位上，算得上鞠躬尽瘁、死而后已。崔融死后，重新登上皇位的中宗李显念及当年的侍读之情，追赠他为卫州刺史，谥号"文"。

崔融是个很讲感情的人，他对武则天的知遇之恩始终心怀感激。武则天死后，他曾满含深情地写下了两首《则天皇后挽歌》："宵陈虚禁夜，夕临空山阴。日月昏尺景，天地惨何心。紫殿金铺涩，黄陵玉座深。镜奁长不起，圣主泪沾巾。""前殿临朝罢，长陵合葬归。山川不可望，文物尽成非。阴月霾中道，轩星落太微。空馀天子孝，松上景云飞。"凡有论者，莫不认为情深意切，绝非应景之作。而他最终因撰写《则天哀册文》发病而死，更可以看出他对武则天的仰慕和敬佩。他对友人同样也是这样。从现存的诗歌来看，他与当时的诗人杜审言、宋之问、陈子昂、戴叔伦都有酬唱赠答之作。特别是他与杜审言之间，不仅有长期的交谊，而且在杜审言困厄之时还及时伸出援助之手，给了他很大的帮助和提携。他的真诚，也得到了应有的回报。崔融死后，杜审言因为受到崔融的奖引，"为服缌麻"，像同宗亲属一样为他服丧三个月。

从本质上来说，崔融是一个博学而又敬业的知识分子。新旧《唐书》说他为文典丽、华婉，当时很少有人能和他比肩。那个时期朝廷的重要文件，很多都是他执笔撰写的。而他所撰写的《则天哀册文》，当时的人们认为"二三百年来无此文"。所以，他能够成为当时的"文章四友"之一，并被列为"四友"之首，绝非浪得虚名。即使在今天，人们对他在文学史上的重要贡献依然津津乐道。因此，他虽有自身的缺点，但博学敬业、文采粲然，为人诚恳、受人尊崇，列入古往今来的"济南名士"之列是当之无愧的。

载于 2007 年 8 月 3 日《齐鲁晚报》青未了副刊

千才
员半
科举奇

员半千（621—714），字荣期，唐代齐州全节人（今济南章丘）。《旧唐书》说他是晋州临汾人（今山西临汾），可能是因为出生不久即成孤儿，随叔父客居晋州的原因。他祖上本是彭城（今江苏徐州）刘氏，属于南北朝时期刘宋王朝的皇族。刘宋王朝灭亡后，其祖亡命北魏，因自感忠烈堪比伍员（伍子胥），遂改姓为"员"。

科举考试始于隋、兴盛于唐。唐代凭借各种考试中第的人员不可胜数。据清人徐松的《登科记考》，从唐高祖武德元年（618）至唐哀帝天祐四年（907）的二百八十五年间，仅进士科考试就举行了二百六十五次。其中，唐高宗、武则天、中宗、睿宗等统治的六十二年间，共行科举五十七次，录取进士一千四百多人。而同一时期的各种"制科"也录取了二百二十六人，员半千就是其中之一，并且堪称唐代前期一个每考必中的"科举奇才"。

史料记载，员半千年少之时，就曾被举荐参加"童子试"。按照唐代科举制度，参加"童子试"应该不超过十岁，也就是在唐太宗贞观五年（631）之前。因为这件事情，他还得到了当时的宰相房玄龄的赞赏。公元631年春，房玄龄曾护送他父亲的灵柩归葬故乡齐州祖茔，也许就是这个时候，他听说了员半千这个少年才子的名字。唐高宗上元初（674），员半千"应八科举，授武陟尉"。他能够应举八科而全中，确实堪称奇才。永隆元年（680），他又参加了唐高宗亲自主持的"岳牧举"。当高宗提问何谓"天阵、地阵、人阵"时，他越过等次向前抢答，因见识超凡，深得高宗称赏，遂"擢为上第"。武则天垂拱（685—688）年间，他经屡次升迁，"累补左卫胄曹"，并"充宣慰吐蕃使"，准备出使吐蕃。但向武则天辞行时，武氏欣赏其才名，留为"待制"，于是他在六十多岁的时候成了武则天身边的一个近臣。证圣元年（695），为左卫长史、弘文馆直学士，但仍兼"待制"之职。长安（701—704）中，擢升正谏大夫，兼右控鹤内供奉，因为触犯了武则天的旨意，下迁水部郎中，转棣州（今惠民东南）刺史；后来，又重新做了弘文馆学士。中宗时（707—710），因武三思弄权，被贬为濠、蕲二州刺史。睿宗即位（710），才被拜为太子右谕德兼崇文馆学士，加银青光禄大夫，累封平原郡公。唐玄宗开元二年（714）卒，时年九十四岁。终其一生，经历了唐太宗、唐高宗、武则天、唐中宗、唐睿宗、唐玄宗六个皇帝，可谓阅历丰富。

考察这个科举奇才不平凡的一生，最引人注目的是他的狂傲个性。员半千本名余庆，大概因为司马迁曾说过"周公之后五百年出了个孔子，孔子之后五百年又出了个司马迁"的话，所以当他的老师王义方称赞他"五百年一贤，足下当之矣"的时候，他干脆改名"半千"，可见其狂傲之中的无比自信。他任武陟尉时，恰遇连年旱灾，饥民流离失所，他劝县令开仓放粮不得，便趁县令不在时自行开仓赈济，结果被投入牢狱。幸得黄门侍郎薛元超相救，才免于一难。由此可见其狂傲之中的果敢作风。咸亨（670—674）年间，他因长期沉于下僚、怀才不遇，写下了一篇感情激越的《陈情表》，向唐高宗陈说自己的非凡才能，并毅然决然地说："请陛下召天下才人三五千人，与臣同试诗策判牒表论，勒字数，定一人在臣先者，陛下斩臣头、粉臣骨、悬于都市，以谢天下才人。"可见其狂傲之中的愤激之情。即使在被武则天召为近臣之后，他也依然故我。武则天时期，曾为她的宠臣张易之兄弟设立控鹤监，攀附张氏的文人多以进入控鹤监为荣，而员半千被任命为右控鹤内供奉后，却以为这个机构为古时所无，"授任者皆浮狭少年，非朝廷德选，请罢之"，因此被贬也不以为意，可见其狂傲之中的不同流俗。中宗时代，他遭武三思排斥而再次被贬，也没有自怨自艾，而是用心把濠、蕲二州治理得"礼化大行"，可见其狂傲之中的政治才能。后来他身处睿宗朝廷的达官显位，却自愿辞职还乡，在山水之间走完了自己的一生，可见其狂傲之中的散淡情怀。因此，《新唐书》称他"有清白节"。这个评价，在武则天的朝臣中，尤其是在陷于张氏集团的文人中是不多见的。我们今天看来，员半千确实是一个有真性情的大开大合的人。

员半千还是唐初有名的诗人，但留存至今的诗篇只有三首。其中的《陇右途中遭非语》一诗，突出地表现了他遭谗不惧、狂傲不羁的鲜明个性："名利我所无，清浊谁见理。敝服空逢春，缓带不著身。出游非怀璧，何忧乎忌人。正须自保爱，振衣出世尘。"

载于 2007 年 9 月 7 日《齐鲁晚报》青未了副刊

苏轼与济南，似乎是一个过于简略的题目。因为苏轼之于济南，只是匆匆地路过，并没有留下多少历史遗迹。但我在发黄的纸页中搜寻和思索，却越来越清晰地感到，他在九百三十年前的那一次"匆匆路过"，并非如此简单。其中蕴含的浓浓兄弟之情，不仅历经千载仍然令人感动，而且也为济南的山水渲染了浓厚的情感色彩。

苏轼与苏辙自幼相知相亲。幼年的苏辙一直跟随年长四岁的兄长读书，据他自己说"未尝一日相舍"。宋仁宗嘉祐二年（1057），兄弟二人同中进士，嘉祐六年（1061）又同中制举科，成为苏门的一大盛事。此后的几年间，他们相继步入仕途，自然变得聚少离多，但兄弟情谊却历久弥新。宋神宗熙宁七年（1074），苏轼主动请求离开富庶而秀美的杭州，自愿来到相对贫瘠苦寒的密州（今山东诸城）任知州，主要原因就是能够离任齐州（今山东济南）掌书记的苏辙近一点。而据苏辙自己的《舜泉诗并叙》，他起初也想到南方任职，但未能如愿。就在这个时候，"闻济南多甘泉，流水被道，蒲鱼之利与东南比"，于是来到了颇具江南水乡特色的泉城。这样，两个北宋著名的文学家先后踏上齐鲁大地，留下了一段洋溢着兄弟深情的文坛佳话。

111

当时密州与齐州虽然相距不过数百里，但素以事业为重的苏氏兄弟在密州知州和齐州掌书记任上，却一直没有相诉衷肠的机会。他们的相思之情，只能通过书信和诗文来表达。其中最为著名的，就是苏轼在熙宁九年中秋之夜，因想念弟弟苏辙而写下的那首《水调歌头·明月几时有》。这个时候，兄弟俩已经有整整六年未曾见面了。那种浓烈的手足之情融化在字里行间，使这首对月怀人之作成为动人心弦的千古绝唱，以至于"中秋词，自东坡《水调歌头》一出，余词尽废"。而"但愿人长久，千里共婵娟"的热切期盼，早已超越了兄弟亲情，升华为对普天下之人的美好祝愿，确实称得上"天仙化人之笔"。

宋神宗熙宁九年（1076）十二月，苏轼奉旨调离密州。在转赴徐州途中，终于在第二年正月底有了路经济南的机会，但苏辙却已于熙宁九年十月罢齐州之职回京了。好在苏轼的好友李常还在齐州任知州，苏辙的家人也还在济南，让苏轼颇感欣慰。亲人和好友满怀喜悦地迎接苏轼的到来，并且陪伴他游槛泉（今济南趵突泉）、赏梅花，在一个多月的时间里，几乎踏遍了济南周围的山山水水。一时间，已过不惑之年的苏轼兴致勃发，他饶有兴趣地在槛泉亭的墙壁上亲绘了一枝寒梅，并在畅游龙山时挥笔写下了"济南春好雪初晴，行到龙山马足轻"的优美诗句。这次难忘的济南之行，给他留下了深刻的印象。许多年之后，他还在诗中深情地回忆："忆过济南春未动，三子出迎残雪里。我时移守古河东，酒肉淋漓浑舍喜。"他在给友人的信中动情地写道："每思槛泉之游，宛在目前。"我们今天诵读这些诗文，不难体会洋溢其中的欢快之情；而这种欢快之情，无疑是苏轼心中那种浓浓亲情和友情的自然流露。我隐约感到，苏轼与苏辙这段未曾谋面的齐鲁情缘，也使素以仁爱、孝悌、忠义、勇悍著称的齐鲁大地，增添了许多"情"的风姿、

"情"的意蕴和"情"的华彩。

在离开济南以后的岁月里,苏轼与苏辙的深情厚谊也始终血浓于水。在中国历史上,这种终生不渝的兄弟情谊实在让人动容。元丰二年,苏轼因"乌台诗案"下狱,苏辙则上书请求免除自己的官职为兄赎罪;元祐年间,苏轼遭人排挤出京,苏辙竟连上四札请求外任。在他们的诗文中,苏轼称苏辙"岂是吾兄弟,更是贤友生",视兄弟为挚友;苏辙则称苏轼"扶我则兄,诲我则师",以兄长为恩师。因此,《宋史·苏辙传》称赞他们"进退出处,无不相同,患难之中,友爱弥笃,无少怨尤,近古罕见",确实没有半点虚言。

今天,我神游在这些历史珍闻中,体味那浓浓的兄弟情谊,不禁怦然心动;而置身于二苏曾经徜徉、流连过的济南山水,更深深地感受到了一种别样的情韵。

载于 2007 年 9 月 29 日《联合日报》文史周刊

原来如此
简单

在中国历史上，因为做过一件或几件轰轰烈烈的大事而名垂后世的官员，可谓不胜枚举。仅以明清两朝的几个山东巡抚而论，就可以看出这一点。明崇祯年间曾任山东巡抚的朱大典，明亡后依然与部将坚持抗清，最后举家壮烈殉国。据说，他是明末一个很贪婪的官吏，但因为死得惨烈，人们也就不愿意追究他的劣行了。清咸丰、同治年间的山东巡抚丁宝桢，则因为智杀慈禧太后的心腹太监安德海而名震朝野，至今传为美谈。但我所感兴趣的，还不是这些叱咤风云的人物，因为从一些平凡官员的细小作为中，更可以看出世道民心。清康熙年间的山东巡抚佛伦，以及他的继任者桑格，并没有什么惊天动地的壮举，却依然在济南民众中留下了美名，让我时常追怀、感慨良多。

史料记载，佛伦是满族正白旗人，康熙二十八年（1689）任山东巡抚，三十一年（1692）升任川陕总督，后来官至礼部尚书、内阁大学士。后人对他的评价并不一致，主要是他到山东之后的第二年，曾上疏说山东秋季丰收，治下之民自愿从每亩收成中捐出一部分，以供官府储备。有人认为，民众自愿捐献的真实性值得怀疑，可能有佛伦作秀的成分。而升任川陕总督以后的第二年，他又上报朝廷陕西"麦豆丰收，秋禾茂盛"，前年因干旱流落出去的灾民纷纷返乡；随即奏请皇帝批准，用官银"贱价收买本年秋粮三十万石"以备军需。有人据此提出，佛伦不仅善于邀功，而且"贱价收买"，实际上就是变相搜刮百姓。历史事实究竟如何，还有待于真正的史家去研究。

有意思的是，一般民众并不在意这些，在他们眼里，佛伦算得上一个"好官"；而给他带来一番好名声的，也只是凿井取水之类关系民生的小事。史料记载，长清城南有个地方，自古以来因为缺水无法煮米，人们只好炒米为食，名叫"炒米店"，生活状况应该是极其艰苦的。佛伦了解到这个情况后，立即组织勘测、选址、打井，下决心解决炒米店人的吃水问题。但在一个自古缺水的地方打井并非易事，单是寻找水源就是一大难题，整个工期也一定很长，因此工程尚未完工，他就已经接到调离山东的命令了。而他离开的时候，也正是打井最困难的时期。按说一个高升远去的人，对这样的难题完全可以撒手不管了，但佛伦不是这样，他在临走时依然念念不忘打井，并且一再嘱托、叮咛，费尽了心思。所幸的是，新任巡抚桑格似乎也是一个乐于做"小事"的人；更为难能可贵的是，他一到任，没有像别的官员那样"新官上任三把火"，忙于定新思路、开新项目、搞新工程、出新政绩，而是毫不犹豫地接过了前任留下的这个"烂摊子"，继续按照佛伦的意愿组织打井，终于克服了重重困难，解决了炒米店人的吃水问题。炒米店人怀着无限感激之情，亲切地称这眼井为"佛公井"。

回想三百多年前，佛伦一定做过不少这类凿井取水的好事，不然人们的记忆是不可能如此之深的。也正是因为这样，使他逐渐树立起了"勤政爱民"的高大形象。据说，济南民众在他生前就为他建造了生祠；后来，又在风光秀丽的大明湖畔为他修建了"佛公祠"。有人回忆，

20世纪50年代初，毛泽东同志到济南视察时曾经参观过佛公祠，并说："佛伦这个官很爱民。"

"佛伦这个官很爱民"，说出了几百年来他受人爱戴的根本原因。我想，作为一个官员，像朱大典那样危难之时毅然举家共赴国难，像丁宝桢那样冒着生命危险杀掉最高当权者的宠臣，可能不太容易。可是，像佛伦那样努力地为民做些实事、好事，像桑格那样想方设法完成前任已经铺开的利民之举，绝不是什么难事。与朱大典和丁宝桢相比，他们虽然不曾站在历史的潮头，但也同样留下了长久的美名。

写到这里，我忽然觉得事情原来如此简单，因为历史是人民写的，而民心是一杆公平的秤。

载于 2008 年 7 月 25 日《大众日报》丰收副刊

漫谈 听心田老

春节前的一天下午，我与自牧兄又一次去拜访了李心田先生。那次去，一则是给李老拜年；二则是请李老为我收藏的几本他的著作签名，其中既有 20 世纪 70 年代出版的电影文学剧本《闪闪的红星》，也有他的长篇小说《结婚三十年》，此书当年在香港出版，大陆读者是难得一见的。

那一天，李老精神很好，心情亦很好。我们围坐一起，听他纵情谈说。

李老说，最近他正在读《李清照集》，重温这个宋代杰出文学家的经历和作品，感到郭沫若对李清照的评价并不准确。他说："郭沫若为趵突泉公园李清照纪念馆题写的那副对联，说什么'大明湖畔趵突泉边故居在垂杨深处'，又说什么'漱玉集中金石录里文采有后主遗风'，几乎都是瞎凑。其实，李清照故居既不在'大明湖畔'，也不在'趵突泉边'。说李清照的文采有'后主遗风'，更是对她的极大贬损。南唐后主李煜是个什么人物？是个亡国之君，软骨头。他的宫廷词无非是和女人调情，没有什么可取之处；亡国之后的'去国怀乡'之作，虽有一定的艺术水准，亦骨力疲弱，没有一点英雄气、丈夫气。李清照是个有骨气的人，巾帼不让须眉。'生当作人杰，死亦为鬼雄。至今思项羽，不肯过江东'，那是何等的气概！南渡以后，她颠沛流离；丈夫赵明诚死后，她先嫁又离，可谓历经磨难、历尽艰辛，但她从来没有折损自己的气节。后人对她的再嫁和再嫁后又离婚有些微辞，其实她再嫁是为了保护赵明诚留下来的金石文物，她再嫁后又离婚则是词到这些珍宝在'新夫'那里受到了威胁。我们看她的《漱玉集》，其名作《声声慢》劈头便是'寻寻觅觅，冷冷清清，凄凄惨惨戚戚'，愁肠满腹，无处诉说；看她的《〈金石录〉后序》，则充满了对金石文物不幸散失的无比惨痛。这种愁肠和惨痛，既是个人的身世之愁、身世之痛，更是沉重家国之愁、家国之痛。李清照敢爱敢恨、敢作敢为、傲骨铮铮，是我们济南的骄傲！"

李老这番话，让我想起了台湾诗人痖弦的一段话："中国人是最沉默的民族，被损坏、被欺侮后，一句'往事不堪回首'就算了。"其实，痖弦所说的仅是一部分中国人，像李煜，只会亡国后哀叹"往事不堪回首月明中"；更多的中国人则是无畏无惧、不屈不挠地与命运、与黑暗决绝地抗争，他们才是我们这个民族的精华和脊梁，才是我们这个民族得以延续和发展的最重要的力量。从李老的话中，我们不难看出这个八十六岁高龄的老人对历史与现实的深刻思考。

李老说，济南另一个值得尊敬的人是元代散曲大家张养浩，并随即吟诵起了他的名作《山坡羊·潼关怀古》："峰峦如聚，波涛如怒，山河表里潼关路。望西都，意踌躇。伤心秦汉经行处，宫阙万间都做了土。兴，百姓苦；亡，百姓苦。"李老说，张养浩年轻时为官，后来不愿搅入政治斗争，辞官归隐家乡济南云庄，朝廷多次征召、授以要职，他都力辞不受。但当他听说陕西因连年干旱发生饥民相食的惨剧后，立即接受朝廷的委派，前往陕西主持救灾赈济，这是何等的责任心和大情怀！

对于张养浩的这段经历，我也略知一二。记得史书记载，他接受任命前往陕西时是在元天历二年（1329年）二月，此时他归隐云庄已经八年，年纪已经六十岁。他自己曾说："吾退处丘园，七辞聘召，闻西土民饥殍流亡，忍不起而拯救哉！"同时，为了表明自己义无反顾的决心，他起行时即散尽家财，"出家所有，散施乡里之穷者。其家旧所储蓄，皆以推其兄子"。一进灾区，即展开救灾赈济工作，并且对灾难的现实多有思考。《潼关怀古》就是他路过潼关时，有感于大灾惨状所作，批判的锋芒直指朝廷和各级官吏，振聋发聩，发人深思。是年四月到任后，他立即投入繁忙的救灾事务之中，甚至连回家的时间都没有，就干脆住在公署里。到这年七月二十七日，终因年老体弱，积劳成疾，染病去世。

李老感慨地说，张养浩本可安度晚年，但他忧国之难、急民之需，散尽家财前往救灾，最后死在任上，这样的官员古今少有啊！李老说，今天，张养浩的美名早已传至国外，很多人对他极为敬佩。但据说，在国内某个大学的一次聚会上，一个外国留学生朗诵了他的《山坡羊·潼关怀古》，我们的老师、学生竟然不知是何人所作。真是耻辱啊！

说到这里，李老眉头紧锁，神色凝重，仿佛陷入了沉思。我和自牧也受他的情绪感染，好久没有说话。是啊，作为元代济南地区一个著名的文学家，其文学成就足以震烁千古，其家国情怀也足以流芳万世。联系当今社会，一些人追名逐利犹如苍蝇嗜血，一桩桩贪腐大案无不触目惊心，良心泯灭，官德丧尽，愈加让人感受到了张养浩的伟大与光彩。李老的这些话，说的是历史，所指又何尝不是现实呢？

那一天，离开李老家时，他送我们手写的两页《相识济南》，是他描写济南的四首短诗，时间跨越1955年至2014年，居然有将近六十年。从这些短诗中，我们既可以看到他对济南这座城市的深挚情感，也可以看到他对历史与现实的深刻思考：

一

　　济南是飘在水上的城市
　　我飘在济南上面。

美，在我心头漂淌。

一九五五年四月

二

济南是淳朴的，
一个娴静少言的四十岁夫人。
我也到了中年，
彼此深深地爱着。

一九八七年十月

三

跟踪李清照十年，
方识此词坛女杰。
郭沫若那副对联该换掉了，
它说的全不对。

二〇一三年十月

四

张养浩是济南的骄傲，
为文的，为官的，
能像他就好了。
他生而为百姓，死而为百姓。

二〇一四年七月

那一天，从李老家出来，我感到心头既热乎乎的，又沉甸甸的。济南的天空大地，似乎也在我心里变了一个样子，变得更加浑厚博大，引人思索、令人神往……

2015 年 4 月 10 日

第五辑

给你：她都会

——泰山片羽

在我见过的中外名山之中，泰山是最为熟悉最为亲切的一座，因为我就出生、生活、工作在它的身边，还曾在它的脚下有过两年的寒窗岁月；在我见过的中外名山之中，它又是最为遥远最为神秘的一座，因为不管与它相伴多久，都无法将它洞悉。它太伟大、太神秘了，我只能从它那里，获取一点零零星星的感受。

1

忽然想起了小时候，第一次听到"泰山"的情景。

那时大概四五岁，刚记事，有一天提了水壶跟着大人到田里种玉米。四月之初，春草遍野，蜂飞蝶舞，微微的南风吹着，不冷不热。天边的流云那么舒缓，正是一年里最惬意的时光。农活是劳累的，刨坑、点种、浇水、覆土，一遍遍地弯腰抬头，腰酸背痛，但大人们都很兴奋。父亲高兴了，脸涨得像喝了半壶烈酒那样，通红，还会随口向我做出许多承诺。

记得就是那一回，我在酥软的田地里跑累了，被母亲揽在怀里；父亲站在一边，指着西方那道隐约的暗影说："长大了，我带你去爬泰山。"

我们家地处平原，那时候还没有见过真正的山，更没有见过父亲所说的泰山。记得我问："什么是泰山？"父亲大概没有想到一个孩子会有这样的问题，也没有听到过别人这样发问。他"啊啊"了半天，觉得不好回答，就甩了甩手说："泰山就是泰山，一座神山。就是……就是你想要什么，跟泰山奶奶一说，她都会给你。"

于是，在我童年的记忆里，一直分不清泰山是一座山，还是一个奶奶；或者既是一座山，又是一个奶奶。泰山，最早就是以一个慈祥奶奶的形象矗立在我的面前的。从那时起，我就牢牢记住了父亲的话："你想要什么，跟泰山奶奶一说，她都会给你。"

我常常想，泰山奶奶，你真的那么应验吗？每次我都会听到一个来自神秘远方的回答：是的，她有求必应、护佑人间。在我后来的人生岁月里，我也总是把心中的困惑与隐秘向她倾吐，我把她看成了最可信赖的精神良师和尊长。

"你想要什么，跟泰山奶奶一说，她都会给你。"我后来慢慢知道，泰山奶奶给予我们的，不是什么具体什物，而是善良、真诚，坚韧、执着、博大、宽容，青春、热情，是诸如此类的优秀品质。一个人有了这样的品质，不就拥有了一切吗？

2

后来我终于到了泰山。我的所有的梦想都在这里萌生，所有美好的情感也在这里滋养。

记得那个八月十五的月圆之夜，在泰山大众桥下的深涧里，是一块又一块经过千百年岁月冲刷的浑圆的巨石，青白的纹理，覆罩着树影摇曳的花纹；石间的流水，跳动着圆月银白的柔光。

我们仰躺在巨石上，看月。不是说山高月小吗？泰山的中秋之月为什么那么圆、那么大、那么亮，像是近在咫尺，伸手可触。它就在横斜涧顶的树枝树叶中间，就在青色帷幕一样的天空之上，沉静地俯瞰人间，俯瞰涧底巨石上的我们。那种让人感动的温柔，超过了世间所有的雍容、高贵和美的总和。它也像是把泰山的山石、树木、云影、人迹，全部纳入了那个硕大的圆盘，让这山中的一切都飞升到了遥远的仙境。我们看那月中的树影，不是桂树，就是泰山的松柏和桃林；看那月中的人影，不是嫦娥、吴刚，就是我们自己。

记得那天，我们是跑遍了泰安城里所有的食品店，才买到了整个城市最大的一个月饼。我们把月饼高高举起，让它与满月同辉共影。那个时候，我感觉人间天上的界限已经模糊，我感觉泰山真的会满足所有人的愿望，给你甘甜、幸福与对未来的渴盼。

当然，我也记起了小时候父亲对我说的话："你想要什么，跟泰山奶奶一说，她都会给你。"

3

在我极度苦闷的日子里，曾想到泰山怀里建一座石屋，旁植杂树，上覆茅草；我会在石屋的一旁摘片树叶，吹出我内心的惶惑与凄清。

我想我的石屋应该四壁透光，不能隔断了山岚雾霭，飞瀑流泉。我想我躺在黄土垫地，枫树、橡树、槐树之类的树叶和各种野草枯茎铺就的"床"上，就像匍匐于泰山柔软温热的腹部。我想我再也感受不到炎热、寒冷，再也听不到各种野兽恐怖的脚步和低沉的恫吓，我的耳边只有喜鹊的欢乐和夜莺的婉转。

泰山，你是庇护一切的神灵，也是人间的暖巢，会将所有的丑恶翻手打落深渊，让人得到安宁。不知有多少个白日，我都在你的怀抱里畅想；不知有多少个夜晚，我都在你的怀抱里安眠。

我不知道这些是真实还是幻影，我只知道我经过了这样一段如梦的心旅，出窍的灵魂重新回到内心，眼前的阴霾也一扫而空。我又找到了自己，甚至感觉比以前的自己还要顽韧。以前的自己还有心悸，还有长吁短叹，现在的自己目视前方，脚步坚定而又匆忙，没有时间发出哪怕一声最轻微的叹息。

此时，我的耳边依然是小时候父亲对我说的话："你想要什么，跟泰山奶奶一说，她都会给你。"

4

我幸运生于泰山之侧，幸运所有的生命轨迹都在泰山身边环绕，得其恩赐，感其温暖。我知道自己一生都无法洞悉其遥远与神秘，但又始终以之为最熟悉最亲切的依靠。心有所依，元气淋漓，何况所依还是泰山，还是"她都会给你"的泰山奶奶呢？我信心满满，别无所顾，除了面对自己心中的梦想，连眼睛的余光都不舍得分散。

我也愿把我的这种感受与经历告诉更多的人，尽管可能有些多余。因为我盼望，每个人都能找到自己心中的泰山，心中的泰山奶奶；因为我相信，每个人的心中都有自己的泰山，自己的泰山奶奶。

2023年10月起笔，2024年2月18日写毕于垂杨书院。载于2024年3月3日《大众日报》丰收副刊

众里寻他千百度

——南行纪事

或许没有一次活动，会让我们这么集中地去认识一个人。而且，这种认识还不是完全来源于书本和讲述，而是踏着他的足迹，去寻找他的身影，感受他的心跳。这样一来，在这个三月，中国南方最美好的季节，我所参加的由济南市历城区文联、稼轩文化交流协会、乡贤文化促进会组织的"众里寻他千百度：与稼轩同行研学之旅"，就有了一种非同寻常的意义。

五天的行程不长，我们的活动也不是那么急促，但一路走来，我总觉得自己的笔触难以跟上前行的步伐。因为眼中所见、心中所感太多，枯笔一支，即便把肠肚搜刮殆尽，也无法记下那无数扑面而来、不期而遇的精彩。我只能留下这样一份挂一漏万的"纪事"，作为这次南行的一份粗疏记忆。

我想，这份"纪事"的价值，或许就像一个"提醒"，不断勾起我的回忆。正如一位名家所说，记得住的日子，才叫生活。对于那些读到这些文字的人，或许能够产生一点催化作用，激起他们南行的念想和欲望。

1

2024 年 3 月 16 日，星期六，是我们行程的第一天。

我们一行早早来到济南西站。其中有些是多年老友，像济南市历城区人大原主任、历城慈善总会副会长高锡群先生、社联部部长杜佩佩女士，历城文联党组书记、主席赵景伟先生，历城文联副主席、稼轩文化交流协会会长王展先生，稼轩文化交流协会副会长兼秘书长李健先生，济南甲骨文化传媒有限公司总经理、山东家谱学会办公室主任翟德军先生。他们几位，都为地方文化的挖掘整理传承弘扬，作出了有目共睹的贡献。其他几位，也都是地方文化研究与建设的热心人，有些还颇有成就，如中国李清照辛弃疾学会秘书长、山东大学文学院副院长樊庆彦先生，山东省交通运输研究会理事长艾贻忠先生，福清博物馆总经理张星亮先生，历城发改局调研员王青兰女士，历城万象新天学校党总支书记王萍女士、党群办主任吕攀女士、年级主任李倩英女士，济南海右培训学校党支部书记、校长王旭东先生，济南常青藤教育有限公司总经理梁祥如先生。这样一群人，自然与那些一般的观光旅游团队有着很大不同。

早上六点五十五分，我们从济南西站乘上高铁，直奔江西上饶。高铁虽云风速，无奈路程实在遥远，到达上饶时已是下午一点十二分。不过，这六个多小时稍嫌漫长的旅程，倒给我提供了一个恶补稼轩的机会。因为我对他了解并不多，倘不抓紧读点东西，不仅会一路露怯，还会雾里看花、不知所云，白白空耗了这次难得的机会。

家中关于辛公的书籍，有好几种。出发前，我选来选去，最终选定了一本李永祥先生和刘培东先生主编的《济南名士多》。我看中了其中刘乃昌先生撰写的《杰出爱国词人辛弃疾》。这篇文章虽已年长日久，容量也很有限，但相对于那些小说意味很浓、戏说成分颇多的"人物传记"，自有其独特价值。随着年龄增长，我越来越愿意读点学者短文，因为这样的文章不仅精粹凝练，而且要言不虚，可作信史。

我从中知道了稼轩先生南宋高宗绍兴十年（1140）农历五月十一日生于济南历城四风闸的历史，知道了他少年时代即在金人统治之下"力图恢复"的壮志。其后的故事更是为人称道。他二十二岁参加济南耿京组织的义军，开始与金兵作战；后来受命南下谒见高宗。但就在他带着朝廷委任北上复命时，惊闻军中叛徒张安国杀害了耿京，并且做了金人的济州知州。于是他亲率五十名骑兵突袭济州，将张安国缚于马上，连夜押回建康（今南京）斩首示众。他的这一英雄行为，被洪迈在《稼轩记》中作了生动传神的记述："齐虏巧负国，赤手领五十骑，缚取于五万众中，如挟兔，束马衔枚，间关西奏淮，至通昼夜不粒食。壮声英概，懦士为之兴起。"

我从中还知道，之后辛弃疾留在江南，先后任江阴通判、建康通判；又因写呼吁朝廷"以光复旧物而为期"的《美芹十论》受到重视，于乾道六年（1170年）受到孝宗赵昚召见，留京担任司农主簿，两年后改任滁州知州。刘乃昌先生写道："南归十年来，辛弃疾规划抗战，呼吁恢复，向朝廷陈奏了许多卓有见地的抗战方略，充分显示了他的昂扬斗志和军事天才。"

但是后来，南宋朝廷的抗战意志动摇，主战派在与主和派的斗争中处于下风，恢复事业受阻无望，稼轩先生陷入了极度的苦闷之中。孝宗淳熙元年（1174年），他在建康留守叶衡幕府任参议官时，一日登临赏心亭，北望中原，感慨万千，写下了著名的《水龙吟》，留下了"落日楼头，断鸿声里，江南游子。把吴钩看了，栏杆拍遍，无人会，登临意"的悲愤词句。其后，受到排挤的辛弃疾，辗转于湖北、江西、湖南等地担任安抚使、转运使一类职官，再无实现北上抗金的可能。即便这样，因其好言恢复，也使他与那些乐于偏安的官员格格不入，使他时常遭受流言蜚语的攻击。淳熙八年（1181 年），遭受弹劾的辛弃疾被免去职务，他在无奈之中，只好退居今江西上饶城北的带湖一带，在那里营建住宅，过起了乡居赋闲的生活。也就是从那个时候开始，他自号稼轩居士。他渴望在乡居生活中淡化心中郁闷，在自然与民间寻找生活情趣，但最终也不过是"抽刀断水水更流，举杯销愁愁更愁"。

直到退隐带湖十多年后，他才在光宗绍熙三年（1192 年）被重新启用，委任为福建提点刑狱。次年受到光宗召见，再上恢复奏章，但他所言非人，一腔壮志，没有激起半点微澜。不久，辛弃疾改任福建路安抚使，但随即又受弹劾，绍熙五年（1194 年）再度革职。此时的稼轩先生已对朝廷极度失望，他隐居于铅山县东（今上饶市铅山县）期思渡一带，并将这里的一处形状似瓢的泉水命名为"瓢泉"。他在这里隐居八年，看似完全不理时事，但在醉心山水的同时，依然还会发出壮志难伸的深婉感叹。如《破阵子》中的"莫说刀弓事业，依然诗酒功名"，如《鹧鸪天》中的"却将万字平戎策，换得东家种树书"，等等。

宁宗嘉泰三年（1203 年），年已六十四岁的辛弃疾被再次起用，受命为绍兴知府兼浙东安抚使。他在绍兴见到了已经七十九岁的老诗人陆游，受到了很多鼓励。这年年底，辛弃疾进京晋见宁宗，再言恢复大业，随即被派往军事重镇镇江担任知府。也就是在这里，在镇江北固亭上，他写下了那首著名的《永遇乐》，其中写道："想当年，金戈铁马，气吞万里如虎。""凭谁问：廉颇老矣，尚能饭否？"可是，这位老当益壮、激情豪迈的爱国志士，还是被言官弹劾，只好又回到了铅山。

开禧二年（1206年）五月，宁宗正式下诏伐金，辛弃疾被任命为两浙东路安抚使，旋即升任龙图阁待制。他接到任命，"单车就道"，急趋临安。但苍天却对他不再眷顾，上任不久即病体难支，被迫回到铅山休养。后在宋军北伐失利，金兵侵入淮南的危急关头，他被再次诏用，任枢密院都承旨。不料诰命尚未送达，他便于开禧三年（1207年）九月十日走完了自己的生命旅程。

2

途中读完《杰出爱国词人辛弃疾》，受到其中引用辛公诗词的感染，不觉吟成《思稼轩》五首，虽为顺口所溜，也算读书一得吧。

其一

稼轩本是农夫名，提及无不壮思飞。

栏杆拍遍无人会，碧落江流千古悲。

其二

忆昔当年擒安国，豪气惊天震胡虏。

瓢泉空照满头雪，万言长策种树书。

其三

历山济水育英豪，游子江南吴钩了。

檐前溪上青草绿，齐风消尽吴音好。

其四

北方晨昏尚寒风，江南春色照眼明。

遥想辛公当年意，北望神州涕泪零。

其五

江南游学心栖惶，古往今来梦一场。

荠菜花香怎可慰，他乡如何是故乡。

这些顺口之溜，都是由稼轩先生生平引出的联想，因其浅陋，当然不能写出先生的复杂深刻之万一。记录于此，姑作存念而已。

3

下午一点二十分，高铁准时到达上饶。这个地方，对我来说还是完全新鲜和陌生的。我以前对它的认识，只知道一个上饶集中营，只记得当年那些关于"集中营"的介绍，杀人魔窟，阴森恐怖。我们这次"研学之旅"，那个集中营不在线路之内。其实，我倒是真想去看看，到底是个什么情况。

上饶的天气是阴沉的，薄雾弥漫。这是江南春天惯有的景象，大概就是所谓的"烟雨之中"了。出站之后，发现果然飘着小雨，很细很细，飘在脸上也不是很凉。这让我想起了朱自清散文名篇《春》中的句子："雨是最寻常的，一下就是三两天。可别恼。看，像牛毛，像花针，像细丝，密密的斜织着，人家屋顶上全笼着一层薄烟。"今天的雨，比朱自清散文里的雨还要小得多、细得多，而且一会儿就停了。

我们乘车进城，看看上饶的介绍，才知道我原先对它的印象太过简单片面了。上饶古称信州、广信，位于江西省东北部，东邻浙江，南靠福建。上饶是江西省辖地级市，下辖弋阳、横峰、铅山、玉山、婺源、鄱阳、万年、余干八县和信州、广信、广丰三区，还代管县级市德兴。它的名称的由来，传说是取意于"上乘富饶"。这里古属吴地，是朱熹、詹天佑、方志敏的家乡。当然，它也是辛弃疾长期居住的地方。如果不是这样，也就没有我们这次"研学之旅"了。

初到一个城市，满心好奇。虽然车行很快，我还是看到了一些极易引人发问的路名，比如我们车子行驶的那条"茶圣路"。偌大中国，称得上"茶圣"的大概只有唐代陆羽一人。我知道陆羽是唐代竟陵，也就是今天的湖北天门人，后来长期隐居绍溪（今浙江湖州），真没听说他与上饶还有些什么关系。现在知道，陆羽在"安史之乱"后就寓居信州广教寺，在周边山上筑舍种茶。他还在山舍旁边开凿了一眼泉，时名"胭脂井"，后来被人尊称为"陆羽泉"。这个泉子，至今犹存，就在现在的上饶一中院内。

遥想陆羽当年，不辞辛苦，四处奔波，走遍了信江两岸，走遍了武夷山中的山山水水，对当地的茶叶资源和茶叶种植、制作与烹饮，进行了广泛调查、细心体验，为他写作中国也是世界上第一部茶学专著《茶经》，奠定了坚实的基础。据说，这部书就是在上饶基本定型的。这样一座城市，与这样一个人有了割舍不断的关系，将它的一条道路命名为"茶圣路"也就顺理成章了。穿行这条路上，我不禁吟出了四句《上饶茶圣路》：

穿行上饶茶圣路，始知陆羽此留踪。

至淡人生水煮叶，茶禅一味有无中。

后来知道，上饶不仅有茶圣路，还有陆羽公园。这是这座城市第一座以古代名人命名的公园，也是一座重在展示中国传统茶文化的主题公园。在上饶所属的余干县，还有陆羽茶灶和陆羽煮泉亭等古迹。据说，因为陆羽的赫赫名声，当时的抚州刺史戴叔伦、湖州刺史颜真卿、茶友皎然都曾经到上饶来拜访过他。他们还劝陆羽出仕，但均遭拒绝。或许，还是陆羽的忘年交孟郊最能理解他。孟郊在《题陆鸿渐上饶新开山舍》中写道："惊彼武陵状，移归此岩边。开亭拟贮云，凿石先得泉。啸竹引清吹，吟花成新篇。乃知高洁情，摆落区中缘。"

陆羽是一个把自己的人生活到极致的人，"乃知高洁情，摆落区中缘"。上饶是一个把自己的文化名人做到极致的地方，于是有了茶圣路和陆羽公园。

4

下午三点，我们的车子到达上饶带湖路一带，受到了在此迎候的上饶市作协主席石红许先生，铅山县文联党组书记、主席丁智先生的热情接待。上饶的历史文化、人文风情，似乎都在红许先生的指掌、口舌之间，他不仅给我们详细讲述了带湖的历史变迁，还从历史地理考证的角度，给我们指引了当年辛公隐居的大体位置。不过，那些与辛公有关的历史遗迹，今已荡然无存，甚至连带湖也已不见踪影，只留下了一个令人神往的路名——带湖路。我们一行不禁有些怅然若失。随手写下的四句《上饶寻稼轩故居旧址》，或可代表我当时的心情：

细雨蒙蒙上绕行，稼轩故居已无凭。

当年带湖成大道，幸赖史家说旧踪。

带湖无踪，旧居无影，但想想距稼轩先生在此居住八百多年后，我们还能听到红许先生的讲述，并且指出它的大体位置，也已经很幸运了。"风流总被雨打风吹去"，这是稼轩先生当年在《永遇乐》中的词句，用在他的故居上面，似乎也是合适的。当然，稼轩先生真正的人格精神和文采风流，是永远都不会磨灭的。

红许先生看出了我们的遗憾，就专门带我们参观了位于带湖路东部的稼轩社区。这让我们大感惊奇，因为以历史文化名人命名的社区，我还是第一次见到。这样一个命名，一方面向人们证明，当年的稼轩故居就是在这一带；另一方面，也说明了上饶人不忘辛公并以之为荣的一份深情。这座城市和她的人民，对自己历史文化的珍视，不仅发自内心，而且细致入微，真是令人感动。

是的，上饶人民对带湖、对稼轩先生的记忆是长久而深刻的。他们还将城市一边的一片狭长湖面，命名为新的"带湖"，并在那里建立了一座"带湖山庄"。山庄入口处是一座专为纪念辛公建立的牌楼，牌楼上面的标牌注明的开工日期是 1997 年 6 月 4 日，竣工日期是当年的 10 月 1 日。"带湖山庄"四个字由书画大师刘海粟先生题写，并注明是先生九十九岁所书。刘海粟先生生于 1896 年，1994 年去世，恰好虚岁九十九岁。这四个字，应该就是他去世那年所题。这是不是海粟先生的最后作品呢？

我们到带湖山庄参观，看样子因为经营不善，已经关闭有年，几至废弃。不过，这一带处于上饶城郊，乡野景色，又怡人倦眼。我边走边看，边看边走，戏作一首《即景》记下了当时的情景：

闲步城郊满荒草，树丛碧桃正妖娆。

辛公有灵天地间，化作风丝细雨飘。

5

我们随即离开上饶，驱车前往铅山。那是辛公晚年居住、最后终老的地方，也是我们此次南行的一个重点。

以前看到铅山这个地名，我并不知道它还有这样一个别样读法。现在知道，"铅"应该读"yán"。问其原因，丁智先生告诉我们，当地方言就是读"铅"为"yán"，以前铅笔也叫"yán 笔"。后来规范读音，其他地方的"铅"都读"qiān"了，唯独保留了"铅（yán）山"这个读法，并且作为地名专用。这可真是一件奇怪的事情，因为我觉得，将"铅（yán）山"统一规范为"铅（qiān）山"也未尝不可。

我们的车子直接开到了铅山河口古镇。这是紧邻信江的一片古老建筑，是江南常见的木石结构房屋，一般两层，多建于明清两代和民国时期。木石之上，多为木雕石刻，虽是民间工匠所为，但在今天这样一个机器乃至激光雕刻的时代，已经显得相当古朴精美了。置身其间，我们仿佛走进了一段久远的历史。

为了保护这片老建筑，铅山县专门成立了"河口明清古镇基础建设项目指挥部"，整个保护性开发工作已经展开。不过，我总觉得所谓的"保护性开发"，最终目的还是"开发"，我们也已习惯了那些以保护为名进行的面目全非的开发建设。唯愿河口古镇能够免遭这种厄运。

关于"河口"名称的来历，在那个"指挥部"大厅里有简单介绍。"河口古称沙湾市，因地处信江和铅山河的合流之处，故名河口"。这里也是闽、浙、赣、皖、湘、鄂、苏、粤等地的水运中心之一，号称"八省码头"。河口明清古街长约五华里，有九弄十三街之称，鼎盛时店铺达两千多家，各省大小会馆、公所二十余座，钱庄、票号二十余家，为茶、纸集散地，俗语有"买不完的汉口，装不完的河口"的说法。河口镇也与景德镇、樟树镇、吴城镇并称江西四大名镇。

当年，以河口为中心的万里茶道，北上汉口、襄阳、洛阳、太原、张家口、归化（今呼和浩特）、库伦（今乌兰巴托），进入俄罗斯，直通欧洲各国；南下福州、泉州、漳州、潮州、广州、香港、澳门，从南方出海。这是明清时期一条长达一万三千多公里的重要国际商道。在这条商道上，主要运送产自武夷山脉各县的茶叶。众多茶叶汇聚河口，经河帮茶师精心制作，被命名为"河红茶"。"河红茶"走南闯北，远销海外，在一些西方国家被奉为"茶中皇后"。河口镇也在国内外享有"万里茶道第一镇"的美誉。

漫步河口古街，深有所感，亦吟成《古街漫步》四句以记之：

时光已凝滞，往事泛青光。

悠悠信江水，千古永流芳。

6

随后，我们的"众里寻他千百度：与稼轩同行研学之旅"启动仪式，在河口明清古镇基础建设项目指挥部一楼大厅举行。参加者除我们一行之外，还有石红许先生、丁智先生。铅山方面对这次活动极为重视，派出了很多重量级人物参加，如铅山县人大常委会副主任雷丹，县委宣传部副部长、社科联主席陈咏洁，县人大科教文卫工委主任周敏，县文联党组成员、副主席柯含雪，县作协主席姚增华，县诗词学会会长曾强，县文化与旅游发展中心主任、作协副主席黄建新，稼轩乡党委副书记、乡长徐钰，鹅湖书院风景名胜区管委会分管负责人叶正林，县慈善协会法人代表丁焕文，稼轩小学校长黄智亮，稼轩瓢泉酒非遗文化传承人黄清玲，稼轩瓢泉酒坊坊主孙荣明，县电视台采编记者左巧媛，县文联办公室主任姚苏慧，等等。其中，左巧媛是山东广饶人，南昌大学毕业后考入铅山县电视台工作，成为在铅山工作的为数不多的山东老乡。

启动仪式之后，在指挥部二楼会议室举行了铅山、历城友好文联合作协议签署仪式，由铅山县文联主席丁智与历城区文联主席赵景伟共同签字。此前，历城已经与铅山缔结了友好关系。其中姻缘，自然是因为辛公。这种文化纽带，真的让人感到奇妙。那么，两地文联的密切合作，在"友城""友市""友好区县"之外又增加一个"友联"，是不是一个创举呢？如果两地文联真的能将一些合作项目落实，那将是辛公文化精神研究与传承的幸事，也是两地文化发展的幸事。

有感于此，我在随后举行的"铅山历城友好县区辛弃疾文化座谈会"上，特别献上了一首《喜见历城铅山文联缔结友好关系》，以示祝贺：

早闻铅山重辛公，幸有今日河口行。

万里茶道通四海，再联文脉谋共荣。

7

我在前面说过，上饶是一个把自己的文化名人做到极致的地方。铅山也是如此。这在我们初到铅山的晚餐上就有令人惊奇的发现。他们不仅用当年辛弃疾命名的瓢泉开发了"瓢泉酒"，还将这种酒做成了非遗产品。就是那些菜肴，也用心地开发出了一套"稼轩菜"。在这里，我不能不记下那些菜名，如果不记录下来，那可真是辜负了他们的一番良苦用心。

剑捣黄龙：红烧黄鳝。戏剥莲子：莲子烧猪手。白发归耕：粉丝煮肉丸。八百连营：福袋多多。乡愁北望：红烧熏大肠。紫气东来：芋头牛肉。鹅湖同憩：原味鹅。狄道烹羊：手抓羊排。鱼龙共舞：油淋葱鱼。辛府肉：乌腌菜红烧肉。瓜山停云：瓢泉豆腐。冰心玉洁：碎椒白玉豆。东篱丛开：菊花菜。稻花香里：豌豆糯米饭。挑灯看剑：灯盏粿。瓢泉共酌：影汤。

这些菜名，多是用了辛弃疾的诗词，如剑捣黄龙、戏剥莲子、稻花香里、挑灯看剑；有的是用了当地地名，如鹅湖、瓜山、瓢泉；有的则是表达了辛弃疾的情感心绪，如乡愁北望。这些菜名，有的也许不够形象准确，但至少表达了他们的一种想法，一种普及和弘扬辛弃疾文化精神的追求与渴望。无论如何，都是值得肯定与借鉴的。

整个晚宴，我们就这样一边品着瓢泉美酒，一边一道一道地惊喜着那些"稼轩菜"，在惊叹与欢笑声中度过。一顿普通的饭食，变成了一场文化大餐，也让我们感受到了"铅山无处不稼轩"的真实与魅力。

8

时间过得真快，转眼已是南行第二天，3月17日，星期日。早上起床，本想出去走走，看看信江，看看铅山风貌，可是春雨时下时停，沾衣欲湿，加上穿得单薄，不便出门，也就作罢了。

早饭后，雨小了一点。集体乘车，寻访辛弃疾在铅山的踪迹。大家都很兴奋，也很肃穆，有一种欲见辛公又有点矜持的感觉。因为这里，毕竟是他的埋身之地，他的灵魂或许已回北方，或者一直在南北之间来来回回，徘徊了八百多年，但他的身躯，已经与这片土地同成大化，成了这方山川的一个组成部分。所以这个地方，在我们这些家乡人眼里，总有些神秘之感，总有些难以说清的复杂与纠结。

第一站，我们从铅山城往北，由九狮大桥跨过信江，到达江北的九狮山下。九狮山是一座丹霞山，不高，浑圆，有一种让人信赖和依靠的感觉。它位于信江和铅山河交汇处，名称来由有多种说法，其中最典型的一种是这座山形如九头狮子在江边饮水。现在环山建起了"辛弃疾文化园"，展现辛公生平，尤其是他在上饶和铅山的行迹。山上石刻众多，多为他的诗文名句，是一个典型的"稼轩文学世界"。山顶矗立的，是高大壮观的辛公塑像。塑像背向铅山县城，左手提着宝剑，右手握着书卷，昂首向北，似要迈出坚定的步伐。江边的大风吹动他的长袍，前部紧裹于身，身后长袖飘动，更显得威武雄壮。

丁智先生告诉我们，辛公塑像在铅山城北隔江矗立，他背对铅山，寓意既以铅山人民为坚强后盾，又要带领铅山人民一往无前；面向北方，则表现了他一生北望、志在恢复的壮志与雄心。塑像高三十二米，寓意辛公在南方生活奋斗了三十二年；基座高二点六米，寓意他在上饶及铅山寓居了二十六年时光。而他手中的宝剑与书卷，则寓意辛公的文韬武略，是古来罕有的文武全才。

令人奇怪的是，我们下车登山时雨已停歇，但当我们登上山顶，站立在辛公巨大的塑像面前时，却又忽然下了起来，并且越下越大。这阵大雨，已经不是霏霏细雨，它一直陪伴我们在辛公塑像面前肃立鞠躬，陪伴我们绕辛公塑像瞻仰，陪伴我们来到山下，才骤然停歇。我们无法解释这是天公有意安排，还是人间偶然巧合，但每个人心中都感觉到，这是辛公知道我们这些家乡人来到了他的身边，是他在用这种天雨的形式跟我们交谈。我们也仿佛听到了他的嘱托，听到了他对家乡的殷殷寄语。

辛公寓居铅山时的心境是复杂的。他一方面沉醉于这里的自然风物，在山水之间、农事之中寻找美好，写下了诸多此类诗词。他甚至在《西江月·示儿曹以家事付之》中写道："万事云烟忽过，一身蒲柳先衰。而今何事最相宜，宜醉宜游宜睡。早趁催科了纳，更量出入收支。乃翁依旧管些儿，管竹管山管水。"但他终究是不能忘怀北国，不能忘记国事的。友人陈亮（字同甫）来访，他与之"相与鹅湖同憩，瓢泉共饮，长歌相答，极论世事，逗留弥旬乃别"；友人走后，他还在《贺新郎·同甫见和，再用韵答之》中留下了这样的辞章："男儿到死心如铁，看试手，补天裂。"所以，此时的辛弃疾或可用四句拙诗概括之：

铅山终老意似平，稻花香里听蛙声。

大江深处仍激荡，站成巨像唱大风。

9

离开辛弃疾文化公园，离开威武雄壮的辛公塑像，我们驱车前往鹅湖书院。一路之上，烟雨江南，似与当年辛公生活的环境大同小异。我为此写下了《铅山县城赴鹅湖书院途中》：

雨后雾润山朦胧，稻田水镜映长空。

花鸭悠闲草丛里，油菜花伴画中行。

这个季节，正是江南油菜花盛开的时候。那水中悠游、草里漫步的鸭子，丁智先生说是"花鸭"，是当地一种土生土长的鸭子，也叫草鸭。因为离得远，又在行走的车中，我没有看清这种鸭子的独特之处，但花鸭之名，还是给我留下了深刻印象。

鹅湖书院，不仅是在铅山，就是在江西、在中国、在全世界，也是一个极为重要的文化符号。这个文化符号的诞生，与朱熹有着很大关系，与辛弃疾也有很大关系。史料记载，南宋淳熙二年（1175 年），朱熹与陆九渊、陆九龄兄弟，应浙东学派代表人物吕祖谦邀请，在鹅湖山下展开了一场理学与心学的论辩。这场在中国学术史上产生过重要影响的学术讨论，被称为"鹅湖之会"。鹅湖从此天下闻名，渐渐成为一个学术重镇。明代景泰四年（1453 年），这里被正式定名为鹅湖书院。

在朱熹与陆氏兄弟论辩的那个时代，这里也是辛弃疾与好友陈亮"长歌相答，极论世事"的地方。辛、陈的鹅湖聚首，被称为"鹅湖之晤"。它与朱、陆之会一样，也给鹅湖、给铅山增添了无穷的文化魅力。后来，鹅湖书院成为与嵩阳书院、岳麓书院、白鹿洞书院齐名的"天下四大书院"之一，其中应该既有朱、陆的贡献，也有辛、陈的功劳。

值得记录的是，在这所书院的传承与发展过程中，我们山东人也曾参与其中，并且起到过重要作用。清道光十八年（1838 年）进士，后任铅山县知县的日照人李淳，在清道光二十七年（1847 年），看到书院年久失修，日渐破败，就率先捐出自己的俸禄，并号召乡绅富商捐助，一下子筹得纹银万余两，用于书院修复，使书院重现生机。李淳还为书院题额，他所题写的"鹅湖书院"四个字至今仍存。同时，他还为书院题写了"圣域贤关""敦化育才""斯文宗主""继往开来"等众多牌匾，为书院文化增添了一份别样色彩。

记得岳麓书院的那副名联"惟楚有才，于斯为盛"，写出了书院的人才盛况。而在鹅湖书院也有一联，"鹅湖锺川岳英灵，江右乃人才渊薮"，说的也是同一个道理。我觉得这两副对联，都恰如其分地写出了两座书院的伟大贡献。

由此想到今天的中华大地，可谓"书院"林立，在一座县城或一个偏远乡村，都会看到"某某书院"的标牌。但进去一看，或者空洞无物，或者不过是个赚钱的噱头。如此而已。中国传统书院的文化精神，差不多已经丧失殆尽。那么，今天我们在鹅湖书院徜徉、追怀，就有了万般的无奈与些许的渴望。

10

离开鹅湖书院，我们驱车赶往稼轩乡。一路上看江南景色，甚是迷人。特别是在时断时续的雨中，山色朦胧，水清波细，花草树木与鹅鸭鸡群脉脉含情，真有点"车行环山路，万木迎且送。迎时频招手，送后眼含露"的味道，都与我们有点依依不舍了。

稼轩乡是个远离县城的僻远乡镇，但一到乡镇驻地，着实让我们吃了一惊。因为这个小乡，不仅所有街道、墙壁，甚至花坛、灯杆也都是用稼轩诗词来装点的。就是在一向号称严肃的乡党委、政府办公大院和办公楼内，也无处不是稼轩事迹、稼轩诗词。这也难怪，因为辛公当年在这里创作的诗词就有 177 首之多，还有"瓢泉""期思渡""斩马桥""稼轩府堂""秋水观"等名胜古迹留存至今。他在这里留下的痕迹实在太深太重了。

乡长徐钰告诉我们，稼轩乡因辛公晚年居住于此而得名，是全国唯

——一个以名人字号命名的乡镇。别看全乡只有八个行政村，两万多人，但他们决心把稼轩文化做精做细，做出一个独一无二的"稼轩之乡"，打造一个名副其实的"中国词乡"。实际上，以我们的目之所及，已经看到了他们弘扬稼轩文化、打造"中国词乡"的渴望与豪情。他们甚至把稼轩文化、稼轩诗词做到了乡村，做到了每家每户，让这片土地上的每一个角落、每一个人，都能时刻感受到这种浓浓的文化氛围。受到这种氛围的感染，我不禁又吟出了四句《稼轩乡印象》：

小乡不大两万余，文化处处不凡俗。

稼轩诗词抬头见，高歌低吟愁心舒。

是啊，生活在这样一个环境里，还有什么烦恼不能排解，什么苦闷不能消除呢？看看这里的男男女女、老老少少，都是面带笑容、充满喜气的，连这阴雨天里的一草一木都那么欢天喜地。这是不是也是文化的感染、文化的魅力呢？

11

离开乡驻地，我们前往这里一个最最有名的景点——瓢泉。这个泉子位于稼轩乡期思村的瓜山之下，有两窟清泉组成。前窟形似石臼，后窟似圆瓢，中间有小沟相连。此泉原名"周氏泉"，名称来历不详。后来辛公到此附近居住，因形赋名，将它改名为瓢泉。辛公后来还因之有了一个"瓢翁"的称号。

我想，辛公将这个泉子命名为瓢泉，固然是因"其状如瓢"，但是否也蕴含了孔子称颂颜回之意呢？孔子说他的高足颜回"箪食瓢饮"而不改其乐，或许正契合了此时辛公身处逆境而不失生命热情的心境。如果这个猜测不算离谱，那么"瓢泉"也可看作儒家文化精神在铅山传播的一个标志，我们也可从中看出辛公深厚的文化底蕴和可贵的文化情怀。由此重新回味他与陈亮的"瓢泉共饮",就不再是一般的文人聚会,而是两个看似悠游林泉的老友的一次精神交流与情感释放。辛弃疾在痛感国事不宁的同时写出的那些清丽辞章,诚然出自他对生活的热爱,但其中是否也潜藏着深沉的无奈呢?我想是的,因为他深知"宁为百夫长,胜作一书生"的道理,一旦有了报国上阵的机会,他就会毫不犹豫地放弃眼前一切的平静与安逸。

我在瓢泉旁边沉思,不觉也吟成四句:

瓢泉瓜山下,天淡水清清。

我取一掬饮,仰面思辛公。

听徐钰乡长介绍,因为辛公当年超拔的文韬武略,这个泉也被当地人当成神泉来对待。一心问学的学子会到这里来,喝上一捧瓢泉水,希望能有辛公那样的超世文采;走向军营的青年会到这里来,喝上一捧瓢泉水,为自己注入辛公那样的勃发英气。这眼泉被当地人称为"智慧泉""文武泉",它也的确给无数人以莫大的激励与热情。这个,怕是辛公当年所没有想到的。

今天,我们也都喝上了一捧瓢泉水,清凉,甘甜。我们还从中喝出了济南泉水的味道,喝出了家乡的味道,喝出了辛公当年流寓江南、北望神州的深沉思绪。

12

我们满带留恋之情离开瓢泉,又前往期思渡村和岩前村,继续参观考察。

江南山地的村庄与我们北方有很大不同,它们往往是沿河依山,形成很多散居的小村落,小的只有三五户人家。比如期思渡村,就是由好多个这样的小自然村形成的。瓢泉附近的那几户人家,当然也是期思渡村的村民。因此，我们现在前往的期思渡村，不过是他们较为集中的一个居住点而已。

这个村庄，据说原来叫"奇狮村"，因河对岸的奇狮山得名。铅山多丹霞地貌，很多山包都像浑圆的狮子头，被称作"狮山"的有很多。当年辛弃疾来到这里，本是访泉，但他一经到来，就为瓢泉周围奇狮村的优美环境吸引，顿时产生了于此长居的想法。这有他的《洞仙歌》为证："便此地、结吾庐，待学渊明，更手种、门前五柳。且归去、父老约重来，问如此青山，定重来否？"后来辛弃疾定居于此，在将"周氏泉"改名为"瓢泉"的同时，也将"奇狮村"改成了"期思渡村"。

"期思渡村"的村名，寓意是明显的。思渡，思渡，当然就是渴望渡江北去，扫平胡虏，实现海晏河清。但可惜的是，他最终也只能与好友陆游一样，企望儿孙能够"王师北定中原日，家祭无忘告乃翁"了。

今天，我们矗立村头，看雨后的远山近水，感觉辛公就在不远处遥望着我们。他欲言又止，欲说还休。一种复杂的情绪涌上我的心头，形成了这首词不达意的《期思渡》：

行到期思细雨停，烟岚无根伴山生。

应是稼轩魂魄在，故乡来客欲远迎。

是的，此时一切语言都是苍白的，所有的情绪都与那纠缠山中的雾霭一样，"剪不断，理还乱"。这种情绪一直伴随着我，让我一路无言。我想了很多，又似乎什么也没有想。我就在这种情绪之中，飘忽，沉溺，难以自拔。直到乘车到了岩前村，听说这里可能就是辛公当年走过、写过的"黄沙古道"，我才慢慢从那种沉重的虚幻中走出来。

我们一行人齐诵辛公脍炙人口的名篇《西江月·夜行黄沙道中》："明月别枝惊鹊，清风半夜鸣蝉。稻花香里说丰年，听取蛙声一片。

七八个星天外，两三点雨山前。旧时茅店社林边，路转溪桥忽见。"辛词的清丽秀美，深深地打动了我们。我也由此暗想，稼轩先生并非一个时时"栏杆拍遍"，处处"吴钩看了"的稼轩，他也需要生活，需要排遣，需要纵酒高歌、放浪形骸。这是一个庙堂的辛稼轩，也是一个民间的辛稼轩；是一个沙场的辛稼轩，也是一个生活的辛稼轩；是一个伟大的辛稼轩，也是一个平凡的辛稼轩。唯其如此，他才是一个丰富的、生动的、真实的、饱满的生命。

于是，我行走在当年的黄沙古道上，也似乎踏上了他的足迹，感到了他的心跳，随口吟出了一首《辛公古道》：

黄沙古道老村庄，稼轩当年常来往。

旧时茅店今何在？微风细雨菜花香。

13

稼轩墓在一片群山环绕之中，我们前去拜祭时，已停多时的雨又下了起来，就像我们在辛弃疾文化园瞻仰辛公塑像时一样。这是一种无法解释的偶然巧合，这种偶然巧合里有没有一种心灵感应的因素呢？我们都相信是有的。

沿着长长的山路一直往山的深处走、高处走，我们终于来到了稼轩墓前。墓前的石碑上刻着"显故考辛公稼轩府君之墓"的字样，是"皇清乾隆癸卯年季春"辛氏后人所立。"乾隆癸卯"是公元1783年，距今已有二百四十多年。这座墓，现在是江西省文物保护单位。

我们站立在清明节前的小雨中，向稼轩先生敬献花篮，也向他献上了专门从家乡带来的趵突泉酒和当地出产的瓢泉酒。稼轩先生是爱酒的，他的"醉里挑灯看剑，梦回吹角连营"无人不知。只是我们不知道，他从滞留江南之后，还有没有喝过来自家乡的美酒。今天的雨中杯酒敬奠，或许能让酒随雨渗，进入泥土，更加靠近稼轩先生的灵魂。

一会儿雨停了。同来研学的团员们在他墓前，开始朗诵他的那些名篇，也朗诵自己创作的献给他的诗章，声音时而高亢嘹亮，时而低沉顿挫，在群山中久久回环。的确，朗诵稼轩先生的那些"壮词"，是需要高亢嘹亮的。在那高亢嘹亮的诵读声里，我觉得人的情感真可以跨越时空，人的灵魂真可以隔着千秋万代紧紧相拥。

略感遗憾的是，我们的团员中没有一个姓辛的。倘若有辛氏后人参加，或许会更加完满一点。但转念一想我又觉得，稼轩先生作为一个光耀千古的文化符号、精神象征，早已超越了一个姓氏，超越了一个地域，成为我们中华民族共同的精神文化财富。稼轩先生是属于济南的，那是他的出生地；是属于铅山的，那是他生命的最终归宿。但他更是属于我们这个民族的，甚至是属于全人类的。如果一个民族缺少了这样的人，那将多么懦弱矮小；如果人类没有这样的星辰闪耀，那将多么黯淡无光。稼轩先生，就是民族的脊梁，人类的星辰，永远挺起的脊梁，永恒不灭的星辰。

此时此刻，我觉得唯有诗篇能够表达我的心志，虽然那只是一些顺口溜。但顺口溜出的东西，或许更加自然真实，不加修饰。

稼轩墓前思千古，金戈铁马气如虎。

吾辈虽非辛氏后，精神血脉本同族。

我觉得自己，我们同行的所有人，已经与辛公紧紧地连在了一起，再也不能分开，再也无法分开。

14

时间真是过得飞快，转眼就要离开铅山，离开上饶了。从此铅山，从此上饶，在我眼里已不再是一个地名，不再是从那些转述与宣传中得来的印象，而成了一份情感的寄托，灵魂的牵挂。它们都与辛公的形象紧紧连在一起，变得可触可感，亲切温暖。

真的依依不舍。我们依依不舍地离开了这里，又带着新的祈望前往福建，前往武夷山，到那里继续寻访辛公足迹。

汽车沿宁（德）上（饶）高速南行，直奔武夷。由赣入闽，看起来不过是从武夷山脉的北部进入武夷山中，但气候的差异、风景的变化，还是能够很明显地感觉出来。这里的气候更湿润了，植物更繁茂了，山更多了，云也更多了，多得触目皆山，触目皆是山环云绕。因此，在宁上高速洋庄服务区略事休息时，我又写下了这样四句感慨：

武夷山绕如插屏，雾作轻纱半掩容。

谁人说你无根柢，伴山而起伴树生。

关于武夷山名称的来历，历来有多种说法，有民间相传已久的传说故事，也有学者一本正经的学术考证。不过，就像其他任何地方一样，那些严谨的学术考证常常不为人接受，多数还是愿意在那些民间传说中领略其中的神奇与神秘。

据说武夷山以前叫荆南山，本是洪荒之地。它的名称的来历，是因为彭祖开山。商朝末年，已经七百六十岁的彭祖被纣王发现，并派人向他求取长生不老的秘诀。彭祖担心纣王加害，就离开彭城，云游四海，最终落脚荆南山中，隐居幔亭峰下，并且生下了两个儿子彭武、彭夷。他们一家在这里开荒引水，植树造田，将原来的不毛之地变成了一座花果山。又过了一百二十年，当彭祖八百八十岁的时候，被玉皇大帝召去天上，成了仙人。他的两个儿子则继续在这里带领人们栽种稻谷果茶，让人们过上了幸福安宁的生活。后来，人们为了纪念彭武、彭夷的事迹，就从他们的名字中各取一字，将荆南山改成了"武夷山"。

辛弃疾与武夷山的缘分不浅，他晚年闲居的铅山瓢泉，其实就在武夷山脚下。他在上饶、铅山闲居期间，朝廷还让他担任了武夷山冲佑观提举。这个官职，也叫"祠禄官"，说是管理道观，其实无职无事，不过是借名食俸而已，是朝廷给予年老退职官员的一种经济待遇。

武夷山冲佑观，当时大概香火很盛，朱熹曾两度主管，陆游、辛弃疾各四度主管。辛弃疾与朱熹、陆游都曾在武夷山中见过面，并且同游武夷，留下了不少传说与佳话。又因为朱熹号晦翁，陆游号放翁，辛弃疾被称为瓢翁，他们三人也在当地被统称为"三翁"。"三翁"聚武夷，可谓一个时代的文坛盛事。

我漫步武夷山中，想彭祖开山，想武夷"三翁"，不觉诗情涌荡，脱口而出两首《武夷山行》：

其一

武夷山美空气新，健步十里气平匀。

不是彭祖能长寿，至此一游即回春。

其二

武夷山中文脉深，朱子稼轩放翁魂。

三翁佳话传今古，悠悠万世浸人心。

15

武夷山人文厚重，自然环境更是卓越突出，是世界文化与自然双遗产。偌大中国，被评上世界文化与自然双遗产的只有四个地方，除了武夷山，还有山东泰山、安徽黄山、四川峨眉山—乐山大佛，由此可见这里的文化与自然之妙。

这的确是一座风景优美怡人、让人流连忘返的神奇的自然圣域，我们从那些"天柱峰""玉女峰""天游峰""三花峰""七象岩"的山名上，就可以看出自然的神妙造化；从"云窝""重洗仙颜"的石刻上，就可以看出它的仙姿绰约；还有"白莲渡""水帘洞"等等。这些神妙、神奇与神秘，还有什么文字可以描述呢？我想大概只能是两个字——"仙境"。

在这样一个地方，真是无处不诗意，无人不诗情。我的拙笔，也不肯闲停，要恣意流淌。于是，我在云游峰景区那独石成山的山峰面前，写下了又一首《武夷山行》，算是其三：

独石成山鼓地涌，翠冠戴顶尽秀峰。

仰看飞鸟悠然度，长鸣化作洞水声。

此后，又在武夷山大红袍景区连续吟出了三首《大红袍观景》。

其一

一道清溪伴茶丛，山路蜿蜒入山中。

踏石过溪人相让，百年修得笑脸迎。

其二

路行高崖下，水帘似天雨。

留此不愿去，茶香解万苦。

其三

挥手别武夷，清香衣袖间。

从此不问山，心已寄仙岩。

是的，"从此不问山，心已寄仙岩"。古来就有"五岳归来不看山，黄山归来不看岳"的说法，那么，游过武夷山之后呢？这当然是没有固定统一的答案的，但我想，每个人的心中都会有自己的答案。

16

3月19日一大早，我们离开武夷山泓林大酒店，去南平站乘高铁，直奔南京。车行四个多小时，于十二点七分到达南京南站。

南京，我曾多次来过，并不陌生，但此行我们所要访问的，却是此前从未去过的赏心亭，一个诞生了辛弃疾的惊世名作《水龙吟》的地方。这首词中的词句，我已经在前面多次引用，但在这里，我仍然想将全词引述，因为这首词即使放在中国漫长辉煌的文学史上，也是不可多得的佳构。

楚天千里清秋，水随天去秋无际。遥岑远目，献愁供恨，玉簪螺髻。落日楼头，断鸿声里，江南游子。把吴钩看了，栏杆拍遍，无人会，登临意。

休说鲈鱼堪脍，尽西风，季鹰归未？求田问舍，怕应羞见，刘郎才气。可惜流年，忧愁风雨，树犹如此！倩何人唤取，红巾翠袖，揾英雄泪！

辛弃疾写这首词时，是在南宋乾道五年（1169），时任建康通判。此时，距他南归已经有七八个年头，他所热情澎湃的恢复事业，愈来愈凉；他还迭遭朝中议和派打击，置冷不遇。在这样一个时刻，他登上地处秦淮河边上的赏心亭，南望北望，心情是多么复杂。或许他还会想起，自己当年亲缚叛贼张安国来建康的往事。当年的意气风发，更显出今天的寂寞悲哀，真个是"把吴钩看了，栏杆拍遍，无人会，登临意"。此时，他的心中或许只有两个字，无奈。

今天的现实也很无奈，因为我们向路人打听赏心亭的位置，几乎没人能说清楚，不少人甚至根本就不知道南京还有这样一个去处。好在强大的"导航"记得，它也不像人那么健忘。是它把我们引领到了赏心亭下。站立亭下，我不禁有些悲哀，因为此时的机器似乎比人还值得信赖。不过才八百多年啊，我们怎能忘记辛公？怎能忘记他的一生壮志、满腹才华呢？

后来，当我在秦淮河畔、夫子庙旁看到游人如织的胜景时，更加凝重了这层忧思。我的忧思与感慨，也化作了四首《南京赏心亭》，在风中飘散。

其一

数来南京无确踪，秦淮风月中山陵。

今寻稼轩旧足迹，欲上建康赏心亭。

其二

南京今日已繁荣，盛衰遭际成旧踪。

见人欲说稼轩事，竟无人知赏心亭。

其三

稼轩已无路人知，秦淮八艳得大名。

风流确已风吹去，可有谁人唱大风。

其四

赏心亭上无心赏，栏杆拍遍谁人听。

南望北望俱迷惘，江南游子济水情。

不过，在赏心亭下，我还是幸运地看到，这座高亭虽非原物，但建设得颇为雄伟壮观。尤其是那挂满亭子一层周围立柱的对联，俱为名家所撰、大家所书；在那些豪词壮句中，可以让人对稼轩品格产生更为深刻的理解。如"千古词章悬日月，一怀忧愤枕山河"，如"亭前壮景千秋史，笔底惊雷万古词"，如"万里江山来醉眼，九秋天地入吟魂"，如"琼楼拔地映淮水，壮士凭栏叩楚天"，如"岁月回眸问英雄何在，栏杆拍遍看我辈重来"，等等。尤其是最后一联，让我感慨良多，"我辈"何在？谁人"重来"？尽管时光流转，已逾无数春秋，但辛公当年的壮志豪情是不能丢弃的，什么时候也不能丢弃。

我想，这座当年为"金陵第一胜概"的赏心亭，随着更多诸如"与稼轩同行研学之旅"活动的开展，一定会重回更多人的视野，让更多人感动、感慨、感叹、感奋。

赏心亭，一定不会成为一座"伤心亭"。

17

3月20日，是我们研学的最后一天，也是我们研学的最后一站：安徽滁州。这一天恰值春分，也就意味着从今天开始，南北半球昼夜平分，从此之后的很长一段时间，北半球的白天将一天比一天地长于黑夜，温度也就越来越高了。

从昨天开始，我们已经走出了江南的雨雾，进入了南京的明媚春光。今天天气仍好，丽日晴空，光彩照人。但车过长江，就进入了地理意义上的中国北方，南北差异还是很明显的。我在车中，用一首长长的顺口溜记下了眼前所见和心中所想。

过长江

江南春已绿，江北尚寒风。

草芽初始发，枯木未冠英。

偶有玉兰树，乳白或嫣红。

不免心落寞，憾叹春不浓。

又念春分至，温暖且含情。

不日桃花红，杏梨亦争荣。

次第繁花开，天蓝水清清。

万物有节律，南北自不同。

静待时序变，不必怨苍穹。

18

　滁州是以醉翁亭闻名于世的，它们现在的广告语也叫"亭好滁州"。但我们此行的主要目的，不是访问醉翁亭，不是朝拜命名醉翁亭的北宋文坛领袖欧阳修，而是要在这里继续寻访辛稼轩的足迹，礼敬前贤。

　就像欧阳先生知滁州时，在这里留下了一座醉翁亭一样，辛公治理滁州虽然只有短短两年，也在这里留下了一座奠枕楼。当然，就像醉翁亭是后人根据欧阳文忠公的《醉翁亭记》所建一样，奠枕楼也是后人按照辛公的辞章重新建立的。不过，相对于醉翁亭一带的建设与保护，地处城里的奠枕楼可就没有那么幸运了，它被建成了一个完完全全的商业设施，又因经济不景气，除一楼开了几家寒酸的门面之外，其他大部分都处于闲置状态。与南京的赏心亭相比，它更加让人伤心。而且，奠枕楼的原址何在，也已无从考证了。

　当年辛公来知滁州，是在南宋乾道八年（1172）春天，到他淳熙元年（1174）春天离开，整整两年。他到这里之前，滁州因处于宋金两国的交界地带，长期战乱，一片凋敝。他深知此处的战略地位，在巩固防务的同时，千方百计发展经济，"宽政薄赋，招流散，教民兵，议屯田"，使滁州在不长时间里恢复了初步的繁荣。为了体现与民同乐的情怀，他于当年秋天在这里修建了这座高楼，取名"奠枕"，意为"安居"，高枕无忧。

　奠枕楼建成之时，不少名士好友前来祝贺，争相题诗作赋。辛公有感于此，也写下了一首《声声慢·滁州旅次登奠枕楼作和李清宇韵》，其中既写了滁州暂时安定换来的繁华，也写出了他对长久保持安宁的渴望。他还知道，能够拥抱安宁的唯一出路，就是北伐，就是把金人赶出中原。因此，他在此楼之上"凭栏望"，见有"东南佳气，西北神州"，实际上表达了他渴望"东南佳气"能够贯于金人占领下的"西北神州"的愿望。

这样的愿望，当然无法实现，这才有了他之后上饶带湖、铅山瓢泉以及武夷山的闲居，才有了南宋王朝终于有了北伐愿望，但他已经"出师不曾身先死"的悲凉。

今天的奠枕楼虽然让人失望，但我们的滁州之行还是有了两个意外的惊喜。一是我们在参观醉翁亭景区时，看到了其中的一座"二贤堂"，看到了里面供奉的欧阳修和他之前的滁州知州王禹偁。这个王禹偁我是知道的，北宋著名政治家、文学家，山东巨野人。我前些年到巨野时，还在巨野城里看到过他的高大塑像。但我此前并不知道他也曾经治理过滁州，并且颇有政声，被后人与欧阳修并称"二贤"。

略查历史，我知道王禹偁曾任京官，为翰林学士。但他性格耿直，常常抗疏论道，终于被人抓住把柄，遭谗受污，贬为滁州知州。后来虽然回京，但又不知"悔改"，再次被贬黄州。两年之后，王禹偁改知蕲州（今湖北蕲春），未逾月而卒，年仅四十八岁。"二贤堂"中王禹偁、欧阳修塑像两旁立柱上对联的上联，就是写的他的这一经历，"谪往黄冈执周易焚香默坐岂逍遥乎"；而下联"贬来滁上开丰山酌酒述文非独乐也"，则是写欧阳修的。

我在他们的塑像前静思默想，感觉虽然每一个时代的人都会觉得自己所处的时代是"世风日下，人心不古"，但却不能就此沉于抱怨消磨之中。只要真心地去做点事情，在任何一个时代都会被人记住。更何况，绝大多数人所处的时代，还算不上人类历史上最黑暗的时代。所以，我们在任何时候都不能懈怠，不能随波逐流。不知不觉地，我的脑子里又冒出了这样四句：

醉翁亭里溢酒香，举世传颂满庭芳。

二贤堂里二贤像，王公并立欧公旁。

另一个意外惊喜，就是在琅琊寺一侧的一片山坡上，经寺内僧人引领，我们看到了当年辛公与友人出游此山，留下的一块碑记。那些碑文，就镌刻在山坡之上的一块石头上，岁月风烟几百年，因为没有任何保护措施，已经漫自湮灭，难以辨认。好在僧人们早就抄录一纸，使我们得以知晓它上面的内容。其文曰：

乾道癸巳正月三日大雪，后二日，辛弃疾、燕世良、陈驰弼、同孚、阳森、慕容辉、［ ］恕、戴居仁、丁俊民、李扬、王［ ］、［ ］浦来游。

乾道癸巳，为乾道九年（1173 年），这说明他们这次同游是这年正月五日。第二年春天，辛弃疾就离此而去了。据说，这是目前所知与辛弃疾有关的唯一一方题刻，弥足珍贵。这么珍贵的文物，在我们的这次"与稼轩同行研学之旅"中能够看到，如果不是三生有幸，就一定是我们的活动感动了上苍，也感动了稼轩先生。这样珍贵的文物，至今得不到有效的保护，实在让人想不出是什么原因。

五天的"研学之旅"就要结束了。越到临近结束之时，我们越期待着这样的"研学之旅"能够继续，以让我们不断有新的发现、新的惊喜。那么，最后就让我以这首小诗《琅琊寺旁观古石刻》作结吧：

琅琊寺旁留古刻，字迹湮灭风雨剥。

幸有辛公美名在，八百多年故事多。

2024 年 3 月 16—22 日，写于游学途中及归来后；4 月 11 日改定

海南之憾

　　我想，但凡一个粗通文墨的人，到海南如果没有机会去凭吊苏轼的贬谪之地，都会觉得是件憾事。我前些日子去海南，因为时间太过匆忙，也因为行程太过紧张，虽然想了不少办法，还是与儋州擦肩而过了。至今想来，心里依然空落落的。

　　在路上，我不停地向当地陪同我们的人询问儋州的情况，没想到他们一个个都如数家珍，而且一提到儋州必说起苏轼，一说起苏轼无不充满了仰慕的神情。他们说，儋州因为苏轼而出名，在海南没有不知道"东坡书院"的。他们说，儋州的教育质量很高，尤其是文科好，这些都是受了苏轼的影响。真想不到，在经历了近千年的沧桑巨变之后，在这个以阳光、空气和沙滩著称的璀璨宝岛上，苏轼的流风遗韵依然绵延不绝。这种流风遗韵，使那吹拂的椰风、火红的木棉、碧蓝的大海和一层又一层雪白的浪花，都浸润在一种浑厚浓烈的文化氛围之中。

　　多想去看一看东坡书院，多想去体味一下东坡遗风啊！

　　好在不少地方都可以买到一些介绍海南历史文化的普及性读物，我发现，几乎每一本书上都提到了儋州、介绍了苏轼。这些读物，给了我们一次又一次略可补偿的纸上旅行。从那些书本当中，我知道了古儋州的历史，它从汉武帝时设置儋耳郡，至今已经走过了2000多年的风雨历程；它的治所几经变迁，从隋代时定址中和镇，并且从唐代开始就在这里修筑城池；它的名称也屡次变换，宋代成为昌化军城，也就是苏轼的贬谪之地。今天的儋州中和，早已是一个名扬四海的千年古镇了。从那些书本当中，我知道著名的东坡书院就坐落在中和古镇的东郊。当年，苏轼带着幼子苏过从广东惠州初到这里时，因为昌化军城的军使张中十分敬重他，还使他们享受到了"住官房、吃官粮"的优厚待遇。但没过多久，就被朝廷派出的察访使赶了出来。苏轼父子无处栖身，只好暂住在当地学子黎子云的旧居里。其间，在学子和乡邻的帮助下，他于一片桃榔林中盖起了三间茅屋，他们就在这里一直居住到遇赦北归。到了元代，人们为了纪念苏轼，最先在这里建造了"东坡祠"；后来，又迁到了苏轼曾经住过的黎子云旧居予以重建。到了清代，儋州进士王云清等在此执教，"发扬苏文忠公教儋之说，诸生心悦诚服，风气蒸蒸日上"，遂名之为"东坡书院"。从那些书本当中，我还知道苏轼谪居海南的3年又8天时间里，不仅写下了127首诗、4首词和182篇表、论、书信、杂记等，而且培养出了黎子云、姜唐佐、符确等一批知名的举人、进士，开创了宋代海南人登科举第的先河。更为重要的是，因为他的深远影响，使这个曾经的蛮荒之地"书声琅琅，弦歌四起"，成为海南的一块文化圣地和一片文化热土，后人无不由衷地感叹："宋苏文忠公之谪儋耳，讲学明道，教化日兴。琼州人文之盛，实自公启之。"

我读着这些散发着油墨馨香的文字，不禁感慨系之，愈加心向往之。苏轼在儋州，儋州的人民谦逊地说这是"东坡不幸，儋州有幸"。其实，我们反过来想想就会知道，苏轼在这里不也享受到了一个古代知识分子难得的乡情与亲情吗？在这里，乡人待他如至亲，学子奉他为恩师，他的生活虽贫寒粗陋但安闲自足，他的心灵虽屡经磨难但放旷自在。更为难能可贵的是，这里的人们没有因地处蛮荒而摒弃文明，也没有因愚昧落后而放弃学业，"孺子可教"，这对于一个学富五车的文化泰斗来说，是一件多么令人欣慰的事情啊！我觉得，形成儋州绵延千年的浓厚学风的，既有东坡的教化之功，也有儋人的好学之力，两者缺一不可。也许我们还可以说，苏轼谪居儋州，既是儋人之幸，也是东坡之幸。苏轼晚年有言："问汝平生功业，黄州惠州儋州。"他列举自己的三次遭贬之地概括平生，以往人们只看到了其中自嘲的成分，仔细想想，是否也是他的真情流露呢？他在离开黄州时写道："好在堂前细柳，应念我，莫剪柔柯。仍传语，江南父老，时与晒渔蓑。"他在谪居惠州时写道："日啖荔枝三百颗，不辞长作岭南人。"他在辞别儋州时感慨："三年野服多知己，万里天涯即故乡。"我想，没有真情单有自嘲是写不出这样的诗句的。

写到这里，我不禁愈加佩服海南和儋州的人民，因为在这里，不仅有迷人的自然风光，而且有保护很好的诸如五公祠、苏公祠、琼台书院之类的文化遗迹。甚至，连清末病逝于文昌的一个日籍教师，也得以修墓纪念。这是一种对文化的挚爱和尊崇，这也是在其他许多地方都见不到的迷人风景！

我愈加神往于钟灵毓秀的儋州了！下一次，一定不能错过。

2009 年 2 月 27 日

呼伦贝尔大草原

我们到呼伦贝尔大草原的时候，正是她一年中最美的季节。

七、八月份，泉城济南每天都在三十多度的高温蒸烤之下，一到呼伦贝尔，穿上夹克还感觉十分凉爽。二十几度的气温，真是让人感到太舒适、太惬意了。但每一个不远千里奔赴呼伦贝尔的人，都不是单纯来享受这种宜人气候的，草原才是他们魂牵梦萦的地方。因此，我们从海拉尔一下飞机，顾不上喘口气，就乘车扑向了大草原的怀抱。

阔大无垠的草原，在飞驰的汽车前方，在道路的左右两边不断展开，多么像无际的绿色海洋。坐在车中的每一个人，都恨不得多长几双眼睛，一眼揽尽这壮美的景色。你看，随着汽车的急速前行，那远处起伏的低矮山丘，一刻也不停地划着一道又一道优美的弧线，行云流水般向我们的身后奔去。山丘下散落的羊群，点缀在绿色的草地上，白绿相衬，煞是好看。路旁近处的一大群奶牛，个个膘肥体壮、油光发亮，正像碧野在《天山景物记》里所说的那样，"它们吃了含有乳汁的酥油草，毛色格外发亮，好像每一根毛尖都冒着油星"，看着看着，仿佛真的嗅到了新鲜牛奶的浓郁气息。还有矫健的马儿在飞奔，或在阳光下快乐地嬉戏。突然，司机师傅指着一匹倏忽而过的黄褐色骏马惊叫："看，那是一匹野马，跑得多么漂亮啊！"

这就是举世闻名的呼伦贝尔大草原，这就是令我神往已久的中国北方少数民族的摇篮，这就是我国目前保存最为完好的那片"绿色净土"！

我们来到陈巴尔虎旗的一个湖边，主人们热情地引领我们喝下马酒、敬敖包。草原上的风很大，吹动着敖包上色彩斑斓的彩条和旗幡，吹来远处一大溜蒙古包里散发出的浓烈酒香。那一大溜蒙古包，沿着湖岸，呈一个很大的圆弧形摆开，在绿色的草原和湛蓝的湖水映衬之下，显得格外洁白亮丽、风情万种。那从蒙古包里飘来的蒙古民歌的动人旋律，更让每一个人的心都随之颤动，并且不由自主地发出了和声。

我们站在素有"天下第一曲水"之称的莫尔格勒河岸，看平平展展的草地上，河水在曲曲弯弯的河道里缓缓地流向远方。向上游望望，不知道它是从哪里流来；向下游望望，也不知道它最终将向哪里流去。看着画册上一张从空中俯拍的曲水照片，真的是蜿蜒回环、九曲回肠。它为什么如此缠绵？为什么对草原这般依恋？因为它不单单是一条河，它是一个真正的牧民对草原那种永远割舍不断的情感。

我们仰卧在一片平整的草地上仰望天空，从来没见过这么蓝的天，也从来没有见过这么白的云。在蓝得有些深不可测的天穹上，一片片白云聚集在一起，多像挂在上面的漂亮装饰。大草原的色调，不论是天空还是大地，绿就绿得彻底，蓝就蓝得深邃，白就白得耀眼。这是大块大块纯色调的组合，没有过度，也没有浸染，给人一种强烈的视觉冲击。我感觉，这应该是一种浓厚的油画风格。我想，国画也许更适合表现江南的山水，意境空濛，引人遐思；油画，也只有油画，才能更加充分地展现出大草原强烈、动人的光与色。

我们在大草原上漫步，听主人讲巴尔虎草原的历史。原来，这个地方是因为曾经驻牧巴尔虎蒙古部而得名，而巴尔虎蒙古部则是蒙古族中最古老的一支。这里还曾经是一代天骄成吉思汗的历史舞台，他统一蒙古草原的几次重要战役都发生在这里。这里又是元王朝最终悲壮谢幕的地方，公元1368年朱元璋建立大明王朝之后，元朝的最后势力被迫退回了蒙古草原，但他们依然不时地攻袭内地，直到二十年后，明王朝才在巴尔虎草原将他们彻底征服。

遥想当年，这里曾经上演过多少轰轰烈烈的历史壮剧啊，正像翦伯赞在《内蒙访古》中所讲述的那样："呼伦贝尔草原不仅是古代游牧民族的摇篮，而且是他们的武库、粮仓和练兵场。他们利用这里的优越的自然条件繁殖自己的民族，武装自己的军队，然后以此为出发点由东而西，征服蒙中部和西部诸部落或最广大的世界，展开他们的历史性的活动。"今天，遥望着无边无际的绿色海洋，我的耳边似乎还在回荡着那金戈铁马的历史回响。

哦，呼伦贝尔大草原，你是美丽的，更是雄壮的。你的美丽和雄壮，实在没有任何语言可以诉说。只是在你的阔大的胸膛上，我们停留的时间实在太短太短。总有一天，我还会回到你的怀抱，感受你的神奇、体味你的博大，舒展我的心灵、放飞我的梦想。

哦，呼伦贝尔大草原！

2008年8月30日，载于《时代文学》2008年第12期

2009 年 9 月 6 日上午，借送孩子到中国海洋大学上学的空儿，我们在海大鱼山校区及校区附近，访问了几处名人故居。

最先访问的当然是位于海大校园里的闻一多故居——一多楼。我们都是第一次走进这个校门，不知道"一多楼"具体在哪个方位，但一连问了几个学生模样的人，也没有一个能说清楚。或许他们所学的都是与海洋有关的专业，对闻一多和"一多楼"并没有多少兴趣。直到在著名海洋学家赫崇本的雕像前碰到两个教授模样的老夫妇，才给我们指出了确切的位置。也难怪人们说不清它的所在，它偏于海大校园的一隅，又被海大学术交流中心的大楼挡在后面，平时自然少有人来。

我们从楼的东侧绕过去，首先映入眼帘的是闻一多先生的半身雕像，就是我们经常在照片上看到的那个长发、长须并且略略低首、眉头紧蹙的样子。雕像后面那座爬满了爬山虎的土黄色二层洋楼就是"一多楼"。1930 年夏天，闻一多先生来到当时的国立青岛大学任教，担任文学院院长兼中文系主任。他在几经辗转之后，于 1931 年搬到这座小楼上。就是在这个地方，他完成了由一个诗人向一个学者的转变，并且逐渐在中国古典文学研究领域走出了自己的道路。

我看着眼前的"一多楼"，心里涌动着一种非常复杂的感情，因为今天的海大鱼山校区几乎都是与海洋有关的学院和专业，除了那些百年建筑和百年老树还在昭示着它悠久的历史之外，已经很难让人感受到那种本应浓厚的人文气息了。在这样的环境里，这座承载着火热诗情和渊深学术的古老建筑，面对着各种各样的实验室、实验设备和实验药品，该有多么寂寞！或许有人已经看到了"一多楼"的这种孤独，又别出心裁地给它挂上了一个"王蒙文学研究所"的牌子，但我实在感觉不出这是增添了"一多楼"的文化内涵，还是消减了它的厚重历史。总之，有了这块牌子，明显地给人一种旧物利用的感觉，使它在我的眼里变得更加孤苦无依了。

打听了不少的人，我们才在位于福山路的一条小巷子里找到了洪深故居和沈从文故居。沈从文故居锈蚀斑斑的铁门紧闭着，只能看到里面几座楼房的楼顶，无法知道那个被沈从文称为"窄而霉"的房间究竟是什么样子。门口两侧各挂着一块标牌，左侧镌刻着"沈从文故居"的字样，右侧镌刻着他的简介。"沈从文故居"标牌的旁边是一个公交车站大站牌，标牌下面则摆放着一个黑色的大塑料垃圾桶。我们在那个标牌前照相，只好费劲地把垃圾桶拖到一边去。

洪深故居和沈从文故居紧挨着。它的门倒是开着的，我们进去，登上十几级台阶来到一座壮观的洋楼门前，放眼四望，这个院子里的几座洋楼都还被现在的住家占着。楼前有晾晒的衣服，但空无一人。我们无法知道洪深先生到底住过哪一座楼的哪一个房间，只好心情落寞地走了出来。他的故居门前同样是一左一右两块标牌，但"洪深故居"标牌下的垃圾桶比沈从文的还多了一个，而且都装满了垃圾，我们实在拖不动，只好在镌刻他的简介的标牌前拍了几张照片，怅然地离开了那个地方。

位于黄县路的老舍故居又是一种怎样的情况呢？那可是诞生了不朽巨著《骆驼祥子》的地方啊！当我们步履疲乏、心情郁闷地赶到那里的时候，看到整座楼已经揭了顶、去了皮，正在重新修缮。那看起来满地狼藉的景象，却委实使我们精神一振，因为只有在这里我们才看到了当地政府对名人故居的重视。我们猜想，也许修葺一新的老舍故居会变成一座老舍先生的陈列室或纪念馆，那将给人以多么美好的期待啊！

2009 年 9 月 6 日，青岛回济南途中

威海通信

你来信让我介绍一下威海的情况，其实我也不甚了了。听说你们东三省到威海买房子的人不少，我想大多数可能是当年闯关东过去的山东人的后代，返乡居住，选择这样一个风景如画的地方真是不错。你打听威海的情况，是否也有回来买房安居的想法呢？

这几年，因为工作关系，我有些出差到威海的机会。去年，女儿考入了山东大学威海分校，我对那里自然就更加关注了。今天是孩子新学期开学报到，我来送她，顺便给你写这封回信，大概能说得稍微清楚一点。

威海是山东最东部的一个城市。翻开中国地图，沿东部海岸线大略一看，就会很醒目地看到伸向大海的山东半岛，像探海石一般。在这"探海石"的顶端，就是威海。据说，它所属的荣城海滨，有一个古来称为"天尽头"的地方，说明它离中原地区是很遥远很遥远的了。现在，威海仍然是距离省会济南最远的一个地级市，有五百多公里，但有铁路和高速公路贯通，有飞机在空中往返，来来回回还是很方便的。而且，这里还有出海的港口。它的东面和东南面与朝鲜半岛、日本列岛隔海相望，大概也是我国距离韩国最近的城市。我以前到这里的时候，就去市里逛过韩国商城，听说市内的韩资企业、日资企业也不少，这大概是威海的一个特色。

威海是一个绿化很好的城市。沿烟（台）威（海）高速公路向东走不多远，你就会感觉道路的两旁渐渐有了些变化，什么变化呢？你会看到沿路都是一大片一大片连绵不断的黑松林，铺天盖地，一望无际。我想，可能海边的气候、土壤适合这种树的生长，但像威海种植得这么多、保护得这么好也是少有的。如果从空中俯瞰，山头、平地、河岸、海滨……都覆盖在茂密的黑松和其他树木之下，景象应该是蔚为壮观的。我想，这个地方的人是很重视环保和绿化的，而且恐怕还不是一时之功，因为"十年树木"，这应该是一种历史传统。

这个城市真干净啊！你想，海是湛蓝的，山是苍郁的，即便是在这万木尚未抽芽长叶的初春季节，凡有泥土的地方也都覆盖在金黄的冬草之下，空气里一尘不染，整个城市能不干净吗？去年国庆节，孩子放假回济南，说在威海待了几个月，回来都不敢大口喘气了，一喘气都是重金属。虽然说得有些夸张，但也符合人们通常的感觉。当时我看到她穿了一双很干净的运动鞋，问她什么时候又买鞋了，她说已经在威海穿了半个多月了。我说怎么像新的一样呢，她奇怪地反问我"你以为威海是济南吗"？我居济南五年多，刚来的时候，经十东路还在拓宽改造，燕山立交桥正在建设，舜耕路一下雨就是一条"水泥"路，趵突泉和其他大大小小的泉池都是一片干涸……这五年多来，我感觉这座城市天天在变，连趵突泉都已经创历史纪录地连续喷涌2000多天了，但因为地处内陆，也因为城市改造和污染治理并非一日之功，与威海相比还是有不小的差距的。

到威海当然要去看海，威海的海岸线曲折蜿蜒，一处一处小小的海湾、小小的海礁、小小的海滩，与这座玲珑的小城相映成趣，呈现出一种秀美的风格。这一点，我觉得与青岛一处处大片大片的海水浴场相比，与烟台辽阔绵长的海岸线相比，有很大的不同。那里尽是都市的热闹与繁华，这里却是小城的幽美与闲适，足以让人放慢脚步、放缓脉搏、放松心情。或许正是从这个意义上说，她被联合国评为全球改善人居环境 100 个范例城市是当之无愧的。这的确是一个最适宜人类居住的城市，你来这里买房安居的确是不错的选择。

威海的历史我知道的不多，翻看酒店里介绍威海的一些小册子，我知道大概在明代洪武年间，因为防卫倭寇侵扰的需要，在这里设立了威海卫，威海之名即由此而来。1898 年，英国强行租借了威海卫，直到 1930 年 10 月才被当时的国民政府收回。当然，在威海的历史长河中，最引人注目的还是刘公岛。那是威海湾口的一座三四平方公里的小岛，站在海岸上，几乎从哪一个角度都可以看到它。如果要登岛，从码头坐上轮渡，不一会儿即可到达。可惜，我一直还没有机会上去看看。但我知道，"刘公岛不仅仅是一个岛"，1888 年，北洋海军成立时，这里成为中国近代第一支海军"北洋水师"的诞生地；但在中日甲午战争中，"北洋水师"全军覆灭，成为昏弱清廷众多耻辱当中的一个奇耻大辱。这座小岛，曾经寄托过国人的梦想，也至今背负着民族的悲哀。如今，历史的烟云已成过去，列强欺凌的时代早已一去不复返了，今天的刘公岛已然成为一座历史的见证，既见证着往昔的沉重，也见证着今日的安宁。我想，也正是因为安宁，才有了现在威海和威海人的闲适和从容。

我所知道的威海就这么多。当然，我也不能因为要鼓动你来而一味地说它好，实事求是地讲，它也有一些不尽如人意的地方。以我个人的眼光看，作为威海，保护比开发显得更加重要。但在有些地方，海被填了，山被挖了，海洋的自然环境受到损伤，山体也像被戳上了一个个伤口。还有一些建筑物，大概是想建成威海的标志，但与整个环境并不协调。我觉得，"自然"应该是威海的城市总色调，所有的开发与建设都应该循山海的自然之理。只是不知道，这里的人们能否认同我的看法。

你想，那么一个山水相依的地方，有那么清爽的空气、蔚蓝的海水和俊秀的山峰，是一个多么难得的一个佳地！我觉得，这个地方不仅仅是属于威海人民的，更是全体国民乃至全世界人民的共同财富，当地的政府和人民有权利开发它，更有责任保护它。因为中国虽大、世界虽大，但像这样人间天堂般的净土已经越来越少了。

欢迎你来，我陪你到威海去看一看。

2009 年 2 月 28 日

菏泽通信

前天接到你的来信，不禁又想起了去年到菏泽看牡丹的情景，虽然天公不作美，小雨一直淅淅沥沥地下，但偌大的牡丹园里依然游人如织，那一盆盆、一簇簇、一片片各色各样的牡丹争奇斗艳，带着点水珠儿，更增加了几分明丽和娇艳。园中道路上，飘荡着美丽的"伞流"，像伞的万国博览会一般；看花的人们熙熙攘攘，真有一点"人如潮，花如海"的气势。这种雨中赏牡丹的美好景象，恐怕是平常很难见到的。我同时觉得，每一朵牡丹都是一张幸福的笑脸，它经历了一冬的苦寒，绽放着无限的欢乐，真的令人心向往之。我甚至觉得，牡丹也正是菏泽人精神的象征，他们从不为自己艰苦的生活条件抱怨，而总是默默地忍受、默默地奋斗，在艰辛中体会着生活的欢乐和幸福。一句话，我觉得生活在这里的人们幸福指数是很高的。

记得我第一次到菏泽的时候，是在2003年的夏天。那时候菏泽还远没有今天的城市规模，感觉就是一南北、一东西两条大道比较像样。但菏泽也有菏泽的特点，就是树多。一进菏泽境域，树多就是一个鲜明的特色。这里的大地平平展展，一望无际，林网纵横交织，把田地分成一方方、一块块，使每一条田间道路都覆盖浓荫之下。你看远处的村庄，几乎看不到房舍，只是一片浓绿的树林子，有鸟在空中飞翔。你曾经告诉我，菏泽是全国有名的平原林网建设先进典型，信然！我一直以为，撇开那些经济上的因素不论，一个喜欢种树的地方常常就是一个充满灵气的地方，一个喜欢种树的人常常就是一个快乐的充满生命活力的人。你是不是也有这样的看法呢？

菏泽人是快乐的，从我第一次到菏泽时就很明显地感觉到了。举一个小小的例子，那天早上，当地的朋友说要领我们去一个有特色的地方吃早餐，什么地方呢？"西施羊肉汤"。大家都很有兴致，立即洗漱动身，但没想到，就是离宾馆不远的一个路边小店。因为昨晚刚下了一场大雨，小店前的路有些泥泞，我们几乎都是蹦着跳着过去的。但来喝羊汤的人可还真不少，都坐着小马扎，围在一张张矮桌旁。每个人面前都是一大碗白羊汤或红羊汤，一篮子油饼，每个桌上还有一瓶老陈醋，几头干蒜，还有几个放盐、味精、胡椒、红辣椒的调味盒，场面热气腾腾，人人喜笑颜开。最有趣的是，有的人吃得两腮鼓鼓，有的人喝得喷喷有声，有的人烫得或者辣得直咧嘴，但无不浑身透露着一股饱满的热情和一种压抑不住的快乐。受到这种情绪的感染，谁还觉得这个地方简陋、谁还嫌弃这个地方卫生条件不好呢？坐下来吃吧，一会儿就撑了个肚儿圆……后来我问他们，为什么叫"西施羊肉汤"？他们笑而不答。其他人也都追着问，他们才说是因为老板娘长得漂亮，人称"西施"。哈哈，那个老板娘我们都见过，也是一个普通的人啊！仔细一想，才知道这不过是菏泽人的一个小幽默，他们随时随地都会发现快乐，他们喜欢这种快乐的生活。

你在菏泽这么多年，是不是也有这种感觉呢？只有一个快乐的人，才能从平凡的生活中发现美啊！

去年夏天我去菏泽的时候，更加深切地感受到了这一点。那一次好像住的是牡丹宾馆吧，中午休息的时候，我自己出去走了一走。那天真热啊，完全称得上骄阳似火。我出了宾馆，向东走了不几步，就隐隐约约地听到了一阵歌声，缥缥缈缈的，在那毒辣辣的阳光下显得好像不太真实。但的确是歌声，越往前走越清晰了，是曲调委婉但音韵铿锵的河南豫剧，是"刘大哥讲话理太偏"……我快走了几步，原来歌声就在眼前，就在街角的一个小公园里。说是公园，其实就是一片没有围栏的绿地；说是绿地，其实就是一片高大的树木之下的浓荫，"乐手"在浓荫之下吹拉弹奏，"演员"在浓荫之下亮展歌喉，那些观众啊，站着的，坐着的，斜倚着树干的，一只脚点地跨在自行车、三轮车上的，无不如醉如痴……这是一种怎样的情形啊！这不是北京、上海、广州、深圳那些大城市里的民俗表演，这是菏泽人业余时间清闲舒适的快乐生活！

所以我说，菏泽人的幸福指数是很高的。这种幸福指数，不是山珍海味能够带来的，也不是香车宝马能够给予的，这是一种由来已久的民俗传统，这是一种令人神往的文化氛围。我虽然没有更多深入的研究和更加深切的感受，但我相信，你所说的菏泽是全国有名的牡丹之乡、武术之乡、书画之乡、戏曲之乡绝非虚言，它们都有各自实实在在的内涵，并且深深地植根于这片土地，渗透在这个地方的传统与文化之中。

社会在进步，菏泽也在突破和发展，我们都曾经耳闻目睹，有些地方在经济腾飞的同时，也付出了惨重的文明的代价。或许，这是发展的必然、历史的宿命，但如何在发展过程中，更好地保护这种传统、保护这个文脉，似乎也是值得我们思考的。我盼望在若干年以后，尤其是在菏泽经济实现了新的腾飞之后，走在菏泽的街头上，还会看到那片浓荫，还会听到那些迷人的歌声……

哦，你来信还想让我写写菏泽牡丹，我说着说着完全跑题了。菏泽牡丹确实值得大书特书，但读了汪曾祺先生的《菏泽牡丹》之后，我实在无从下笔了。敬请原谅，并祝一切都好！

2009 年 3 月 12 日

莱州一瞥

一座城市，给人印象最深的常常是一些别样的风景。前些日子到莱州，主人殷勤地邀请我们游云峰山，不厌其烦地给我们介绍郑道昭，介绍中国书法的历史，介绍他在中国书法发展史上的重要地位，但我们这些"不会写字"的门外汉，并没有多少兴趣。第二天晚上，又特意带我们到几十里以外的莱州黄金海岸就餐，让我们感受海的蔚蓝、沙滩的洁净、黑松林的幽美、三山岛的迷离和一座现代化新城的浪漫，但莱州的黄金海岸，也不过就是任何一个沿海发达城市某个滨海小区的复制品，同样没有给我们带来多少新鲜的感受。即使早就听人赞不绝口的"莱州蟹"和"桃花虾"，也不过如此。

这个历史悠久、声名远播的莱州，差一点就让我失望了，如果不是那个平平常常的早晨。

那个早晨，我六点半起床，不到七点出新世纪酒店大门向东散步。昨天刮了一天大风，把天空刮得纤尘不染；阳光分外地明亮，明晃晃地刺人的眼。这大概是这个城市的一条主干道，也是这个城市最为繁华的路段，因为路北有商业大厦，路南不远就是莱州百货大楼。只是时间尚早，大多数店铺还紧关着大门，只在一些稍为僻静的小巷子里，有卖油条、豆浆的小食摊，有各色各样买早点和吃早点的人。路上车来人往，与其他城市一样，除了上班的，就是送孩子上学的。这是一种多么熟悉的街景啊，熟悉得让人乏味，我忍不住就转身往回走了。

可就是在这转身的瞬间，一种别样的风景几乎让我兴奋得叫出声来——就在我刚刚路过的那个街角，就在我刚才没怎么注意的一个角落里，赫然挂着一个书店的牌子；就在这个时候，就在大多数店铺还没有开门的时候，那个书店的大门已经豁然敞开，并且已经有一些顾客在往里走！我看一看表，还不到七点一刻。我快步走进这个书店，虽然门面不大，但里面也有一二百平方米，整齐地排了五大溜书架，摆满了各式各样的图书。粗略一看，里面至少也有一二十人。我围着一排摆满杂志的书架转了一圈，看到时下流行的杂志几乎应有尽有，不但如此，甚至还有在一些大城市也少有人问津的《收获》《十月》《当代》《小说月报》《小说选刊》等纯文学刊物。更让我惊奇的是，我在济南从未见过的一种叫《散文诗》的杂志，也十分耀眼地摆在书架上……

我的心里顿时涌过一道又一道暖流，眼睛也不自觉地变得潮湿起来。不过刚刚七点多一点，不过还是人们忙着吃饭、上班、送孩子的时间，在莱州，在这个不起眼的小角落里，一家书店居然已经顾客盈门了，而且品位之高超出想象。请问，你在哪一个城市里还见到过这样的风景呢？莱州，一下子在我的脑海里变得鲜活生动起来，鲜活生动的不是那让人生发怀古幽思的云峰山，不是那堪与繁华海滨城市媲美的黄金海岸，不是"莱州蟹"和"桃花虾"，而是这个迎着朝阳的小书店，是这样一群沐着朝阳走进店门的爱书的人……

我对莱州只是匆匆的一瞥，我对于历史的、文化的、传统的、民俗的莱州和正在发展的莱州还缺乏了解，但我已经深深地喜欢上了这个地方，喜欢上了这个地方的人。因为一座城市给人印象深刻的常常是一些别样的风景，有这样一道迷人风景的城市，难道不令人满心欢喜吗？

2009 年 3 月 23 日，北京金融街洲际酒店

王村醋随想

4月12日，我到淄博市周村区王村镇的葫芦山下，参加了周村作家孙方之先生小说集《曼陀罗》出版发行暨业余文学创作三十五周年座谈会。借此机会，顺道造访了地处王村的山东华王酿造有限公司。它的主要产品，就是有名的"王村醋"。

说起醋，人们自然不会陌生。在古人那里，柴、米、油、盐、酱、醋、茶，就是天天必备的"开门七件事"，可见其重要和必需。而王村醋，更是与山西醋、镇江醋齐名的醋中名品。所不同的是，山西醋主要是高粱老陈醋，镇江醋主要是大米香醋，王村醋则主要是小米醋，它也因此被誉为"小米醋的首创者"。

据《淄川县志》记载，明代嘉靖年间王村就有"春分酿酒拌醋"之说，距今已有四百多年的历史。2009年8月，"王村醋传统酿造技艺"被列入山东省省级非物质文化遗产名录。在华王酿造有限公司，我们还看到了"山东老字号""山东省著名商标""中华老字号"等荣誉标牌，可见其非同一般。

听着这些介绍，看着这些荣誉，我这个吃了四十多年醋的人，不禁感到十分新奇。真没想到，这个一日三餐几乎餐餐相见的东西，竟有这么多道道。而公司老总侯永胜一说起醋的历史，就更让我们这些门外汉大开眼界了。原来，我国酿醋和酿酒的历史同样悠久，早在数千年前，我们的祖先就掌握了利用谷物酿醋的技术。《周礼》中有关于酿醋的记载，春秋战国时期就有了专门的酿醋作坊。北魏时期，贾思勰在《齐民要术》中记载的制醋方法已达二十四种之多。更重要的是，从很早时候起，人们就不仅把它当作一种调味品来对待，而且发现了其中的药用价值。据《本草纲目》记载，醋能"散瘀解毒，下气消食，开胃气，散水气，治心腹血气疼，杀邪毒，理诸药"，真是不可小觑。

我想起了我小时候，至少在两个方面体会过醋的妙用。一是不小心喉咙里卡了鱼刺了，在扎得生疼，又拔不出、咽不下的情况下，我奶奶总是端来一小碗醋，让我喝下去。随后，再吃一小块煎饼，并且不要嚼得太碎，也使劲咽下去。这样三口两口，嗓子眼里的鱼刺就不见了。后来我知道，醋能软化鱼刺；吃起来比较粗硬的煎饼，则把鱼刺"拉"下去了。二是不小心伤风感冒了，打喷嚏，流鼻涕，我母亲总是赶快把门窗关紧，然后在锅里熬上一些醋，待煮沸冒出腾腾热气了，就端着满屋子转，凉了，再熬、再转，直到满屋子里都有些刺鼻的醋味了才停止。母亲不识字，也说不清其中的道理，只知道醋能杀死病毒，这是老辈传下来的方法。直到今天，我的妻子还常用这种方法，听说很多人家也都在用，想必是管用的。

在华王酿造有限公司的产品展销大厅里，我们还品尝了一道独特的醋饮。

我们围坐在一张木桌前，看大厅服务人员从一个坛子里舀出一勺淡红色的液体，均匀地分在我们面前的小纸杯里。喝一小口，慢慢地品呷，酸中渗透着一股淡淡的甜香，入口像丝绸一般绵滑柔软。我们好奇地问服务人员这是怎么勾兑出来的，她们笑着说，没有什么神秘的，就是王村醋加了一点蜂蜜而已。我们听了，不禁端着纸杯傻笑起来。这种看似平常的东西，稍一加工，就变成了以前未曾品尝过的美味，真是奇妙。服务人员说，醋能解毒，蜜能润肺，根据自己的口味，将两者调和在一起，不仅味道好，而且益身健体，可谓一举两得了。

同行的朋友中有个对醋有点研究的，说她这几年坚持喝"醋蛋"，感觉很好。所谓"醋蛋"，就是将鸡蛋洗净，放进醋酸浓度较高的醋中，过上一段时间，蛋壳就消融在醋中了。这时候，再将蛋清、蛋黄搅匀，直接喝、兑水喝、加蜂蜜喝都行，依个人口味而定。坚持数月，便觉得通体舒畅，身轻气清，精神健旺。同时，还会使人皮肤变得细腻、面色变得红润，大有养颜美容之功效。经她一说，我们再留心观察，感觉她的脸色确实有点与众不同了。原来，这平常的醋，还有这么大的魔力呢。

……

王村归来，我不禁陷入了长久的沉思之中。油、盐、酱、醋，这些平常而又平常的日常生活用品，为什么能够伴随人类几千年的历史呢？如果说油、盐还是生活中不可或缺的食用品的话，那酱、醋可就是纯粹的调味品了，为什么人们还是那么喜爱、须臾不离呢？我想，可能是因为它们千百年来与人类相伴相依，已经成了我们味蕾的一个重要组成要素了。缺少了它们，就好像缺少了一种生命元素，就无法满足人们一种固执、倔强的生理需要。

或许，还不仅仅如此。酱、醋之类平平常常的调味品之于人类的，可能更是一种心理满足。因为它们不仅能使人享受到口腹之欲，更寄寓着人类追求健康、追求美好人生的内在渴望。祛病、健体，美容、养颜，这些看似平常的生理和心理需要，不正是人类对自身发展、对美好人生的永恒追求吗？

小小的醋，平常的醋，竟蕴含着这么多令人品味的东西，这是我参观王村醋厂之前所没有想到的。也许，真正具有永恒价值的东西，就蕴藏在那些平常的事物之中，只是我们常常眼过高、手过低，在不经意间忽略了它们罢了。

由此，我也想到了孙方之，想到了那个为数众多、风格各异的周村作家群（亦有人称之为"周村文化现象"），在他们笔下，有一个共同的主题，就是写周村、赞周村，细心挖掘、打捞周村的历史文化，描画这方土地和这方土地上的人民，他们无疑是这个地域忠诚的文化守望者。或者更进一步说，他们也正像王村醋一样，已经成了这方土地、这块精神领空的文化符号，虽然平凡普通，但滋味绵长、魅力恒久，以至于人们想起周村，就不由自主地想起了他们。我想，这应该是一个不太蹩脚的比喻吧。

其实，在那无数的城市、乡村，都有着无数这样的地域文化守望者。他们不是太阳，没有耀眼的光芒。他们是满天繁星。他们在太阳升起时退隐，在夜晚，与月亮一起装点夜空，装点我们这些平凡人的梦。

2013 年 4 月 17 日

博山是个好地方。

什么样的地方算是好地方？不同的人自然有不同的看法。山川草木，春秋寒暑，本来就是"萝卜白菜，各有所爱"的事情，难以趋同，也不必趋同。即便同一个地方，也是"水光潋滟晴方好，山色空濛雨亦奇"的，不同的时候有不同的好处。当然，最重要的还得看人的内心，"心静云从衣上住，窗虚月在酒中行"，透着超尘的禅味；"感时花溅泪，恨别鸟惊心"，则是老杜深厚的家国情怀。

我眼里的好地方，一定是一个有文化的地方。自然景观非不爱也，然而我更倾情于文化。如果眼前有山水清音和古迹旧址可供选择的话，我肯定选择后者。这可能与一个人的脾性有关，也与他的阅读经历、心志、情趣有关。不怕您见笑，我就是一个读书读得有点儿"愚"的人，总感觉与这个热闹的社会有点疏隔，所以就有了一种爱古迹胜过爱自然的偏好。我知道这样不好，却也无可奈何。人啊，很多时候是奈何不了自己的啊！

博山，就是一个有丰富文化内涵的地方。我喜欢。

这里有比万里长城还早数百年的齐长城遗址，傲立千载的青石关至今矗立在博山与莱芜交界的崇山峻岭之上；这里流传着有名的"孝妇"颜文姜的传说，虽然时代不同对"孝"的理解也有很大不同，但"孝"作为一种文化基因，自古至今都深深地凝结在每一个中国人的血脉之中；这里还是著名的"陶瓷之都"和"琉璃之乡"，绵延千年的陶瓷琉璃制作史，也汇成了一部独特的经济史、艺术史和文化史。徜徉在博山的山水之间，漫步在博山的街头巷尾，这些不期而遇的古迹旧闻时时入眼、入耳，让人怦然心动。

如果要列举博山古今第一文化名人的话，应该非诗人、诗论家赵执信莫属。这个生活在康熙乾隆年间的天才式人物，应该是博山一个最为重要的文化符号。在赵执信纪念馆中，我细细地寻觅他的踪迹，静静地翻阅他的诗文，似乎嗅到了那来自久远岁月的气息，听到了他风云激荡的一生发出的清脆回响。他生于康熙元年（1662年），逝于乾隆九年（1744年）。在他八十三年的漫长岁月中，经历了人生的大起大落、大喜大悲、大得大失，但他的性情不为世事销蚀，始终保持了鲜明的个性和独立的人格，保持了一个人至为宝贵的尊严。

他的青少年时代可谓灿烂耀眼，九岁捉笔为文，就被誉为"神童"。十四岁考中秀才，十七岁考中举人，十八岁考中进士，入选翰林院。二十三岁充任山西乡试正考官；二十五岁升任右春坊右赞善兼翰林院检讨，并任《明史》纂修官，兼职预修《大清会典》。今天，我们已经不必过多地去探究"春坊""赞善""检讨"一类官职的具体含义，只知道那是太子身边的人、皇帝身边的人就足够了。在那样一个等级森严的时代，能以如此之年龄荣登如此之高位，不是天才又是什么呢？

只可惜"木秀于林，风必摧之"，"书生意气"总爱"挥斥方遒"，过于出众的才华、过于快速的升迁难免使他有目中无人的表现，难免树立官场的敌手，引来暗下的妒恨。这种情况下，他就是十二分谨慎检点尚且不能完全避免祸端，何况还有点年轻气盛、锋芒毕露呢。在他二十八岁那一年，终因在皇后国丧期间观看洪升《长生殿》的演出被人告发，以"大不敬"的罪名削职除名。他又重新回到了博山，回到了生命的起点。

也许是这种从巅峰到低谷的"断崖式"下降对他的伤害太深，也许是来自背后的恶枪毒箭使他对官场产生了彻底的绝望，也许是他再也不想违志屈意去看任何人的脸色了，他从此永绝仕进之心，不但没有像有些人那样改名换姓重入仕途，就是连复官的机会也眼不眨心不动地放弃了。他是一个不能屈服于任何外部压力的人，更是一个不能违逆自己心志的人，他有自己独立的人格和尊严。在那样一个有的人欣喜于"暂时做稳了奴隶"有的人苦闷于"想做奴隶而不得"的时代，他显得太另类了，他就在这"另类"之中走出了自己独特的人生。

于是，他开始了南北漫游的生活，纵横四海，寄言抒志，以发其不平之鸣。后来走不动了，就隐居乡里，著书立说，怡情自乐。于是，我们看到了一个越来越接地气的赵执信，他在诗中"自写性情，力去浮靡"，并且形成了自己"诗中有人在""诗外有事在"的文学观。因为坚持自己的观点，他甚至不惜与自己的妻舅、"神韵论"的倡导者王渔洋对立，在长者、尊者面前没有半点屈从的意思。我们还看到，他不惜耗费精力为亲友撰写墓表、墓志和传记，不遗余力为文友和后辈写序作跋，细致入微地考证家乡的山源水踪，甚至经过细致考察对家乡婚丧嫁娶的礼俗提出改进的建议。他把自己完全融入乡里和民众之中，成了博山这块土地上生长着的一棵大树或一株茂草。

于是我们看到，在赵执信二十八岁那一年，一颗冉冉升起的政治新星陨落了，在清政府的官僚谱系上从此少了一个可能熠熠生辉的名字；而在其后的五十多年间，一个一笔一画、工工整整的大写的"人"字写成了，在中华人文历史的天空中，增添了一颗光彩夺目的星辰。得与失，幸与不幸，不同的人会有不同的认识和判断。但博山的山水从此便有了不同的颜色，博山的人们从此便有了恒久的文化底气。试想，博山出了赵执信，谁还能小瞧这个地方呢？

在博山赵执信纪念馆里，我在翻阅《赵执信全集》时，还看到了这样一段记载："康熙五十二年（1713 年），蒲松龄新建一室成，执信为之书'磊轩'匾额。"这段短短的记载，勾起了我对那个辉煌年代的"神奇"想象。因为就在那个时期，在淄博孝妇河畔几乎同时诞生了"一代诗宗"王渔洋、"聊斋先生"蒲松龄和著名诗人、诗论家赵执信。说其文风盛极一时，应该是一点也不夸张的。这里，我无意去探讨他们三人之间的复杂关系，也无意去描述那个时代的文坛盛景，只想略说一点蒲松龄在博山留下的人文踪迹，让人们对博山的山水增添一点别样的认识。

蒲松龄比王渔洋小六岁，比赵执信大二十二岁。他也是少小即有文名，十九岁就以县、府、道三试都是第一的成绩考中秀才。但其后老天却不再垂青，他屡败屡试、屡试屡败，直到五六十岁了才在家人的劝说下停止了对考棚的渴望，七十一岁才被朝廷照顾补上了一个贡生的名衔。这是一个深受科举之害的典型，也是一个深知科举之苦的文人，在无边的失望、痛苦与无奈之中，他对很多问题的认识都比常人更加尖锐和清醒。他写出了世间奇书《聊斋志异》，成了一个光烁中外的杰出文学家。假如他真的步入仕途，那么一部清代文学史也就需要重新写过了。

康熙九年，在他三十一岁的时候（那一年赵执信刚好九岁），因为科场失利，只好接受在江苏宝应任知县的同乡孙蕙之邀去做幕僚。他从淄川南行，博山和博山西南的青石关是唯一的通道。就在这里，他留下了《聊斋诗集》中开篇之作《青石关》，这也是他流传至今最早的一首诗："身在悬瓮中，仰看飞鸟渡。南山北山云，千株万株树。但见山中人，不见山中路。樵者指以柯，扪萝自兹去。勾曲上层霄，马蹄无稳步。忽然闻犬吠，烟火数家聚。挽辔眺来处，茫茫积翠雾。"他写青石关谷好像是一个腹大口小的悬瓮，山势险峻，行路艰难，也写出了烟火人家的温暖和翠色如雾的奇幻。这首诗是古往今来所有写青石关的诗文中的翘楚，是蒲松龄留给博山的一笔重要的文化财富。

蒲松龄在孙蕙幕中干了不长时间，发现这种帮办文牍的生活实在非己所愿，对博取功名也没有什么实际帮助，第二年夏天就辞别孙蕙返乡了。回来时他还要经过青石关和博山，不过这一次正值大雨倾盆、山洪暴发，与去时的艰辛相比更多了不少凶险。他在《瓮口道夜行遇雨》一诗中记述了这次死里逃生的经历，"日暮驰投青石关，山尘横卷云漫天"，"下关暝黑闻风雷，倒峡翻盆山雨来"，"水猛石乱马蹄破，恫骨骇心欲倾堕"，这些诗句今天读来仍然骇人心魄。好在他三更时分终于到了青石关下的土门庄，敲开了一家旅店的大门，吃上了一碗热腾腾的小米饭。旅店里虽是"篾席破败黄茅卷"，已使他感到"如醉醇醪卧香软"了。人在艰苦的环境之中，对物质条件的要求是何等之低！也只有经历了艰苦环境的磨砺，才能切肤地感受到生活的美好与满足。

在博山游览参观，我很想去走走瓮口道、爬爬青石关，也很想去看看蒲松龄当年夜宿的土门庄是否还在。可惜时间短暂，只能留待来日了。

说到青石关，也就不能不说到我的家乡莱芜，不能不说到从莱芜走出的著名诗人吕剑。莱芜与博山只有一山之隔，青石关就是它们的分界线。莱芜东北部的人们与博山从来就有一种"远亲不如近邻"的亲切感。

1932 年，十三岁的吕剑高小毕业了，父母要送他穿过青石关，到离家七十多里的邻县博山读中学了。他就读的学校叫颜山初级中学，他在那里读了三年。直到 1935 年他十六岁的时候，到蒲松龄的故乡淄川参加了毕业"会考"，拿到了毕业证书，才离开了那里。但博山已然成了他人生道路上的重要一站，让他终生不能忘怀。1980 年和 1998 年，在他六十多岁和年近八十的时候曾分别写下过诗篇《青石关》《骑着小毛驴上学》，来回忆当年的情景。在他的笔下，作为一个村里独一无二的中学生，能到博山上学是一种少年得志、意气风发的喜悦：

> 我有一位老老爷，
> 喜欢跟我说笑。
> 听说我考上高小，他就说：
> "重孙子，考上秀才了！"
> 听说我考上初中，他又说：
> "重孙子，中了举人了！"
>
> 我可不是一般的举人，
> 我是要"出国留学"。
> 意思是要从鲁国的莱芜，
> 越过长城，穿过青石关，

远走齐国的博山。

于是，他就在每年寒暑假期间，由父亲或叔叔赶着一头小毛驴来回接送，在青石关的山谷中往返了三年。他在诗中写道：

> 青石关，青石关，
>
> 陡峭的关坝，
>
> 荒寒的深谷。
>
> 从你的关顶俯视，
>
> 真乃"下临无地"，
>
> 从你的沟底仰望，
>
> 则又是云气缭绕。
>
> 一片片铁青的陡崖，
>
> 一尊尊狰狞的怪石。
>
> 关沟又那样迂回盘萦，
>
> 使人们难于举足止步，
>
> ……

一个乡下孩子，初入城市还出了一些洋相，他的"土里土气"的装束也与城里的洋学堂很不般配。但是因为学习好，他并没有受到什么歧视和耻笑，他在颜山中学度过了一段美好的青春时光。

> 当穿过站前的市街时，
>
> 火车汽笛的一声长鸣，

把我们的毛驴突然一惊。

我差点从鞍子上摔到当街，

惹得城里人都把肚子笑疼。

我浑身上下，穿着

母亲亲手做的粗布衣裳，

穿着沾满泥土的布鞋布袜，

走进了西式楼房的学堂。

或许有人说我"这真土气"，

只因作文簿上的繁圈密点，

同学们并没有耻笑我，

我并没有给乡下人丢脸。

而今，博山火车站的旧址仍在，不知是不是当年吕剑经过的那座；他的母校颜山初级中学，也不知在后来的岁月变迁中还存不存在。哦，这久违的过去、历史的记忆！如今吕剑先生已经仙逝，但他为博山、为青石关留下的这些泥土一样淳朴的文字，必将长久地留存在人们的记忆之中。

博山是个好地方。这里有赵执信作为一方乡贤的文化魅力，有蒲松龄出入青石关、夜宿土门旅店留下的踪迹和诗章，有吕剑"出国留学"对博山人的回忆与赞美，这都是博山人值得骄傲和自豪的文化遗产。这是一个有文化的地方，也是一个重视文化的地方。这样一个地方，其过去不可小觑，其未来更值得期待。

2016 年 6 月 1—4 日

汀罗的自信

　　我很早的时候就神往利津，因为那里不仅是黄河入海的地方，更诞生了我特别仰慕的著名学者、文学批评家李长之先生。他在 1936 年就出版了著名的《鲁迅批判》，并且曾经鲁迅寓目。他的《孔子的故事》《司马迁的人格与风格》《道教徒的李白及其痛苦》，都是我案头的常备书。他的学问纵横古今，渊博得令人惊叹；更令人惊叹的是，他的文笔又那么好。用散文的语言、文学的表达阐述学术问题，对一般人来说无疑是一种冒险，但对李长之先生来说，则是一种高度的自信。

　　人的自信是需要一点资本的。李长之先生当然不是生而知之，他的学问和才华来自后天的学习。但利津作为他的故乡，也一定给了他许多特殊的精神资源。因此，当我踏上利津这片土地、来到利津汀罗镇的时候，不由自主地便想去寻找那些潜藏于历史皱褶之处的隐秘与神奇。

　　在泱泱中华数千年的文明史上，利津算不上历史悠久。它于金明昌三年（1192）建县，至今尚不足千年。那个时候，这里是大清河入海口，金章宗完颜璟在这里设立了著名的铁门关。明代设立千户所，并有军队驻扎，是当时全国唯一一处海关、河关、盐关、税关"四关合一"

的重要关隘。铁门关的繁华一直延续到清代，清初利津诗人李嘉猷曾有诗云："巨津盛迹甲广寰，潮打银滩浩淼间。碧浪犹还渤海郡，安澜时渡铁门关。"但世事沧桑，殊难预料。清咸丰五年（1855），黄河夺大清河入海，浩浩河水奔涌而来，不仅附近盐场损毁过半，铁门关也遭受重创。在此后的岁月里，铁门关又陆续遭受八次水淹，至光绪年间已被泥沙全部埋没，海上交通断绝，盐田变为农田。此时的铁门关一带，在清末利津诗人张铨笔下已是另外一番景象："年来海若欲东迁，东去潮声向日边。葭浦芦湾三万顷，果然沧海变桑田。"

细细回味这段历史，李嘉猷和张铨的两首诗颇可玩味。一首写在铁门关极盛之时，一首写在它被淤平之后。但在张铨的诗中，我们看不到一点哀怨、凄凉，而是另一种豪迈和慷慨。这是一种怎样的精神气魄呢？这是在大自然的无情摧残之下，不怨不艾、迎难而上的勇力与自信。他们没有被反反复复、不可抗拒的天灾压垮，他们一直在这方多灾多难的土地上坚韧顽强地创造新的风景。

张铨的这种豪迈和慷慨，是苦难中的坚强、困境中的自信，我们完全可以在历史记载中找到他的现实依据。清光绪年间，黄河似乎也像积重难返、风雨飘摇的清王朝一样，再也找不到自己正确的路途了，它在下游利津一带横行肆虐，带来了数次灭顶之灾："光绪八年（1882），黄河在历城桃园决口，下游铁门关遭受重创；光绪十年（1884），黄河在利津县宁海、十六户、张家滩、小李等处先后决口，次年利津黄河大堤溃决，铁门关数度被水，顿成泽国；光绪二十一年（1895），吕家洼黄河大堤溃决，利津盐场被冲毁多处；光绪三十年（1904），黄河在利津蒲家庄溃改，全县所有盐池淹没无存。"但每一次灾难过后，这里的人民都在艰难中崛起，重新在淤泥浊水中播撒生命的种子，使之重现生机。灾难，不仅没有把这里的人民压垮，使这里的人民逃离，反而在他们手中，让"潮打银滩浩淼间"的景象变成了"葭浦芦湾三万顷"的图卷。"沧海变桑田"，沧海是壮美的，桑田则是人们用勤劳的双手创造出的大地胜景。

这次我们踏访的汀罗镇前关村，也同样经历了这样一段惨痛、壮烈的历史。"明初，崔、姚二姓从山西洪洞县迁来此处，在铁门关前立村，取名前关"；"清咸丰五年（1855），黄河夺大清河入海，铁门关被淤积。后民众在此重新建村，仍名前关村"；"光绪十二年（1886），黄河淹没村庄，后崔氏等返回重建"……村庄建了被毁，毁了再建；他们屡战屡败，但依然屡败屡战。我们不难看出，这个村庄的历史，已经不是一段单纯的历史，而是一种坚忍不拔的意志品格，一种生生不息的精神传承。我们是否也可以这样说，这是他们在无法把握的大自然面前的一种高度自信。或许，我们从这个角度来看利津，就可以理解这片土地上为何会诞生李长之先生那样的名士了。

而今，铁门关遗址所在的利津县汀罗镇，正处在一个历史与未来的交汇点上。他们承载着历史的苦难与辉煌，更面对着崭新的天地与前景。我们在这里看到，他们对黄河泥沙层层淤积下的铁门关依然情有独钟，投资建设了"铁门关主题展馆"，用文字、绘画、实物的形式展现了那座关防的往昔岁月与历史沧桑。这是历史的记忆，也是启发当今、昭示未来的见证与提醒。它让汀罗镇人永远记得自己从何而来，经历了怎样的苦难历程，又在这长期的艰辛跋涉中创造了怎样的奇迹，留下了多少宝贵的精神遗产。我们在这里看到，新时代的汀罗镇人依然像他们的祖先、前辈一样，有着不屈的精神和创造的欲望，他们在这片盐碱地上建起了风景迷人的"田园综合体"和"渔业公园"，将农业、渔业与旅游联结在了一起，将种植、养殖与观光、体验、休闲联结在了一起，彻底改变了农民"面朝黄土背朝天"和渔民"耕海牧渔"的传统生产生活方式，展现了一幅现代农业、现代渔业的新图景。我们在这里还看到，他们的村庄是那样整洁，管理是那样规范，人们脸上的笑容是那样舒心、坦然，幸福之情溢于言表。尤其是那个只有103户、368口人的前崔村，居然获得了"全国文明村"的殊荣，真是让人啧啧称奇……

这可真是一个神奇的地方。我想，这个地方创造出来的神奇应该源于它的自信。有了这种自信，汀罗镇人、利津人一定还会创造出更多的奇迹。

2018年7月24—25日于济南垂杨书院

从五大连池归来已经好几天了，它的影像还深深地刻印在我的脑海里，似乎变得越来越清晰、越来越神奇起来。

是啊，五大连池的水的确够神奇的了！这五个如串珠般紧紧相连的湖泊，据说是清康熙五十八年至六十年（1719—1721），火山喷发时玄武岩流阻塞纳谟尔河支流白河所形成的堰塞湖，自南向北分为头池、二池、三池、四池、五池，恰如镶嵌在北国大地上的五颗璀璨珍珠，在蓝天丽日下熠熠生辉。

更为神奇的是，与世界各地的矿泉温泉多冷泉少、有毒泉多无毒泉少、能浴泉多能饮泉少不同，这里由于火山喷发，形成了储量丰富的天然冷矿泉水，能饮能浴，低温无毒。据说，它与法国维希矿泉、俄罗斯北高加索矿泉并称为"世界三大冷泉"。同时，这里的水还有很高的药用价值，对多种常见疾病疗效显著，民间应用已有二百多年的历史。同行的朋友告诉我们，他有一个同事严重脱发，慕名到这里洗浴，天天用矿泉泥覆顶，几个月后竟真的黑发重生了。我们注意到，四面八方到这里泡矿泉的人实在不少，其中还有很多俄罗斯人。看来，它的神奇效果并不单是宣传出来的。

但是，当你游览了五大连池附近的火山之后，这水的神奇就实在算不了什么了。就在这池水的身旁，矗立着十几座或高或低的新老期火山，喷发年代从二百零七万年到二百九十多年前，著名的有卧虎山、药泉山、笔架山、黑龙山、火烧山。其中，我们登上的黑龙山，就是一座在二百九十多年前刚刚喷发过的活火山，现在正处于休眠期。据《黑龙江外记》记载："墨尔根（今嫩江）东南，一日地中忽出火，石块飞腾，声震四野。越数日火熄，其地遂成池沼。此康熙五十八年事。"这次火山运动一直持续到康熙六十年，黑龙山和五大连池就是在这两年的火山喷溢过程中形成的。到了这里，谁能不感叹大自然的鬼斧神工、神奇造化呢？

我们一踏上火山台地，最先映入眼帘的是那生长在漆黑的火山岩石上的火山杨。这种杨树的身躯明显要比我们常见的钻天杨矮，但它矮小却不柔弱，它就扎根在那几乎没有土层的火山岩石的缝隙里，枝干刚硬地向上、向四周伸展。它的叶片也是一种刚硬的黄绿色。

如果你能停下脚步，静静地与它凝视，你就会分明地感觉到它那刚硬的枝干中发出的如人的骨节活动般的响声。这或许是一种幻觉，但我的确是感觉到了。它的枝干就这样顽强地伸展着，去获取更多的阳光和空气，去积蓄更多的生长的力量。同时，我也似乎听到了它的根须在岩石的缝隙里往下深扎的声音，根扎石解，石破天惊。这自然的伟力让人震撼，让人不由自主地从内心深处发出由衷的赞美。

面对着眼前的火山杨，我想起了大漠戈壁上"活着一千年不死，死了一千年不倒，倒下一千年不朽"的胡杨，想起了长白山海拔千米以上的高山上生长的落水能沉的岳桦，这些树都没有伟岸的身躯和娇美的姿容，但它们凭着自己的精神、意志和品格，俨然成了大漠戈壁的图腾、险峻高山的守护神和坚硬的火山岩的挑战者。单凭这一点，不就很值得赞美吗！

其实，这里让人动容的还不止这些火山杨，那火山岩石上覆盖着的一簇簇苔藓也让人称奇。它们面色苍黑，几乎与火山岩是一个颜色，如果不仔细分辨很难看出来。但只要倒上一点水，马上就变成了青绿色，马上就焕发了勃勃生机。经冬历夏，它们就那么默默地固守在岩石的表层，看似已经枯萎沉寂，但只要一场雨来临，就会尽情展示生命的光彩。而且，这种苔藓也不同于我们内地林间阴湿处的那种翠绿与柔弱，它的细小的叶片同样是刚硬的，用手摸上去，就像摸在粗糙的岩石表面上。这种倔强的植物，我觉得已经不能用"苔藓"这个有些华美的名字称呼它，因为那实在不符合它的生存条件和性格，于是，我们都满怀敬意地称它为"火山苔"。它的地位自然是卑微的，但它的精神品格却是那样高大。

如果我们再展开一下自己的想象，想想这些火山杨、"火山苔"都是在二百九十多年前火山喷发之后，在所有的生命迹象全部消失以后，与无比恶劣的生存条件艰苦斗争的结果，心中一定会生发出更多的敬畏和感慨。

其实，在五大连池的火山地带，就是那无生命的火山岩也涌动着生命的潮水。站在火山台地上，一望无际的是漆黑的火山熔岩形成的"石海"，波涛汹涌，惊心动魄。凝神静望，你会感到它们无时无刻不在翻滚、咆哮、激荡，在显示一种冲决一切的气势与力量。走进这石海里，又是一种千姿百态的奇异景象，有的火山熔岩似股股巨绳，盘曲扭动；有的又像朵朵浪花，激情飞溅；还有的似涓涓细流，静静流淌。有的成锥，有的像碟，有的如树，有的似塔，有的如熊、如猿、如猴，如你能够想象出来的任何动物，但不论是什么，都充满了一种生命的张力。这种张力，神奇、博大，无与伦比的壮美！

我知道，这波澜壮阔的石海，是地火在燃烧，是生命的原动力在奔突，是二百九十多年前那次火山运动的结束，又是一次新的伟大创造的开始。是的，一次毁灭就是一次新生，自然生生不息，人类生生不息，生命生生不息！

五大连池归来，它的影像已经深深地刻印在我的脑海里了……

2012 年 9 月 10 日，载于 2012 年 9 月 14 日《大众日报》丰收副刊